W0243037

Le Livre de Poche

Jeunesse

COMBAT DE FRÈRES

MARKUS ZUSAK

COMBAT DE FRÈRES

Traduit de l'anglais (Australie)
par Julien Retaillaud

HACHETTE Jeunesse

Un grand merci à :
Celia Jellett pour sa gentillesse, son dévouement et son expertise.
Vic Morrison pour tous les défis.

L'édition originale de cet ouvrage
a été publiée en langue anglaise par Omnibus Books,
une division de Scholastic Australia Pty. Ltd.,
sous le titre
FIGHTING RUBEN WOLFE

© Markus Zusak, 2000, pour le texte original.
© Hachette Livre, 2003, pour la traduction française.

Pour Scout

1

Le chien sur lequel on a parié ressemble plus à un rat qu'à autre chose.

« Mais il peut courir comme un dératé », affirme Ruben.

Il me sert son petit baratin avec son sourire de filou. Il va cracher puis sourire. Cracher puis sourire. C'est un type vraiment adorable, mon frère Ruben Wolfe. Mais voilà, on traverse en ce moment notre traditionnelle période de déveine.

On est assis en haut de la tribune couverte de poussière. Une fille passe devant nous.

Waouh ! me dis-je intérieurement.

« Waouh ! » s'exclame Ruben, et c'est cela qui nous différencie tandis que nous la regardons tous les deux, emplis de désir, le souffle coupé, en vie.

On ne voit jamais de filles comme ça aux courses de chiens. D'ordinaire, on croise soit des filles effacées fumant clope sur clope soit des grandes godiches s'empiffrant de gâteaux. Ou bien des souillons carburant à la bière. Mais celle-là, c'est une tout autre histoire. Si elle courait sur la piste, je parierais sur elle. Elle est sensationnelle.

Puis je suis pris d'une soudaine nausée en regardant ces jambes que je ne peux toucher, ces lèvres qui ne me sourient pas, ces hanches qui ne cherchent pas mon étreinte. Et ce cœur qui ne bat pas pour moi.

Je sors de ma poche un billet de dix dollars[1]. Histoire de me changer les idées. J'aime bien regarder les filles mais cela finit toujours par me rendre malade. À force de regarder au loin, j'ai les yeux irrités. Alors tout ce que je peux faire, c'est dire un truc du genre : « Alors Rube, on mise notre argent, oui ou non ? » Et c'est finalement ce que je lui demande en ce jour gris, dans cette luxuriante cité qui est la nôtre.

« Rube ? » je répète.

Pas de réponse.

---

1. Le dollar australien vaut 50 centimes d'euro environ. (*N.d.T.*)

« Rube ? »

Du vent. Des canettes qui roulent par terre. Un type qui fume et se met à tousser juste derrière nous.

« Hé, Rube, on parie, oui ou non ? »

Je frappe,

Du revers de la main,

Le bras de mon frère.

Il tourne les yeux vers moi et me sourit.

« D'accord. »

On cherche alors un type qui pourrait parier pour nous. Quelqu'un ayant l'âge nécessaire. Ça ne pose vraiment pas de problème dans le coin. Il y a toujours un vieux mec débraillé prêt à miser pour vous. Il est même possible qu'il vous demande une part des gains si jamais votre clebs gagne. Le problème, c'est que dans ce cas-là, il fera mine de ne pas vous retrouver. Pourtant, on n'est pas du genre à ne pas partager. Il faut toujours ménager ces vieux alcoolos du genre « j'vous-en-supplie-faites-que-je-ne-finisse-pas-comme-eux ». Une part des gains ne peut pas leur faire de mal. L'important, c'est surtout de gagner quelque chose. Mais cela ne nous est jamais arrivé.

« Amène-toi. »

Rube se lève et tandis que nous marchons, j'aperçois toujours au loin les jambes de la fille.

Bon Dieu ! me dis-je intérieurement.

« Bon Dieu ! » s'exclame Ruben.

Au bureau des paris, on rencontre un petit problème.

Les flics.

Mais qu'est-ce qu'ils foutent là ? je me demande.

« Mais qu'est-ce qu'ils foutent là ? » s'exclame Ruben.

Le truc, c'est que je ne déteste même pas les flics. Pour être franc, j'ai même un peu pitié d'eux. À cause de leurs chapeaux. Et de tout l'équipement de cow-boy qu'ils trimballent autour de la taille. Et puis être obligé, comme ça, d'avoir l'air endurci mais en même temps amical et accessible. Devoir se faire pousser une moustache (qu'on soit un homme ou, dans certains cas, une femme) pour asseoir son autorité. Faire des pompes, des abdos et des tractions à la barre fixe à l'école de police avant de pouvoir manger à nouveau des *douhgnuts*[1]. Devoir annoncer à des gens que l'un de leurs proches vient de se faire écrabouiller dans un accident de voiture... la liste est longue, je préfère m'arrêter là.

« Regarde le flic qui mange un friand », dit Rube en le montrant du doigt.

Apparemment, mon frère ne réalise pas que la présence de ces flics n'est pas précisément une bonne nouvelle. Au contraire même, il marche droit

---

1. Beignets.

vers le policier moustachu qui mange un friand à la béchamelle. Il y a le flic au friand et puis une femme flic. Une brunette, avec les cheveux noués sous son chapeau. (Seule sa frange lui tombe sur les yeux d'une manière plutôt charmante.)

On arrive près d'eux et ça commence.

Ruben L. Wolfe : « Comment va, aujourd'hui, monsieur l'agent ? »

Le flic au friand : « Pas mal, mon gars, et toi ? »

Rube : « Vous avez l'air d'aimer ce friand, pas vrai ? »

Le flic dévorant son friand : « Ça, tu peux le dire. T'en veux un ? »

Rube : « Pourquoi pas ? Ça vaut combien ? »

Le flic, avalant une bouchée : « 1,80 dollar. »

Rube, souriant : « Vous vous êtes fait rouler. »

Le flic, mâchonnant : « Je sais. »

Rube, commençant à s'amuser : « Moi, je pense que vous devriez arrêter le vendeur de friands. »

Le flic, de la sauce à la commissure des lèvres : « C'est peut-être toi que je devrais arrêter, tu crois pas ? »

Rube, montrant la sauce au flic : « Ah bon, pourquoi ? »

Le flic, apercevant la sauce et l'essuyant : « Parce que j'aime pas trop qu'on joue au plus malin avec moi. »

Rube, se grattant l'entrejambe avec ostentation et jetant un coup d'œil à la femme flic : « Où vous l'avez ramassée ? »

Le flic, commençant à s'amuser lui-aussi : « À la cantine. »

Rube, la regardant à nouveau et continuant à se gratter : « Elle vous a coûté combien ? »

Le flic, finissant son friand : « 1,60 dollar. »

Rube, arrêtant de se gratter : « Vous vous êtes fait rouler. »

Le flic, se reprenant : « Eh, attention à ce que tu dis ! »

Rube, réajustant ses vêtements, chemise en flanelle fripée et pantalon en lambeaux : « Ils vous ont fait payer un supplément pour la sauce ? Avec le friand, j'veux dire. »

Le flic, trépignant sur place : aucune réponse.

Rube, s'approchant de lui : « Alors ? »

Le flic, incapable de mentir : « Vingt cents. »

Rube, l'air stupéfait : « *Vingt cents !* Pour de la sauce ? »

Le flic, visiblement honteux : « Je sais bien. »

Rube, l'air sincère et honnête, ou au moins l'un des deux : « Vous auriez dû refuser, juste pour le principe. Vous êtes donc incapable de vous maîtriser ? »

Le flic : « Dis donc, tu cherches à me provoquer ou quoi ? »

Rube : « Absolument pas. »

Le flic : « T'en es bien sûr ? »

À ce moment-là, on échange un regard gêné, la flic brunette et moi. Je l'imagine sans son uniforme. Dans ma tête, elle ne porte plus que des sous-vêtements.

Rube, répondant à la question du flic : « Oui monsieur, j'vous assure. Mon frère et moi, on est juste là pour profiter de cette journée merveilleusement grisâtre et admirer ces magnifiques chiens qui courent sur la piste. » (Quel tchatcheur, mon frère ! Rien que des conneries.) « C'est interdit ? »

Le flic, commençant à en avoir ras-le-bol : « Bon, qu'est-ce que tu cherches exactement ? »

La femme flic et moi, on se regarde. À nouveau. Ses sous-vêtements sont chouettes. Je les visualise parfaitement.

Rube : « Eh bien, on voulait juste... »

Le flic, d'un ton irrité : « Juste quoi ? Qu'est-ce que vous voulez ? »

La femme flic est superbelle. Superbe. Elle est dans son bain. Il y a plein de bulles. Elle se redresse. Et sourit. Me sourit. Je me mets à trembler.

Ruben, avec un large sourire : « Eh bien, on espérait que vous accepteriez de parier pour nous... »

La femme flic, toujours dans son bain : « Tu plaisantes ou quoi ? »

Moi, tombant la tête dans l'eau : « Putain, mais qu'est-ce que tu racontes, Rube ? »

Rube, posant sa main sur ma bouche : « Je ne m'appelle pas Rube. »

Moi, reprenant mes esprits : « Oh, désolé, James, espèce de branleur. »

Le flic, tenant à la main le sachet de son friand roulé en boule avec encore de la sauce à l'intérieur : « Qu'est-ce que c'est, un "branleur" ? »

Rube, l'air affligé : « Bon Dieu, c'est pas vrai ! Comment peut-on être aussi stupide ? »

Le flic, furieux : « C'est quoi, un "branleur" ? »

La femme flic, qui mesure environ 1 m 80 et doit, à mon avis, passer quatre soirées par semaine au gymnase du poste de police : « Tu en vois un tous les matins en te regardant dans la glace. »

Elle est grande, fine et superbelle. Elle me fait un clin d'œil.

Moi : sans voix.

Rube : « Exactement, poupée. »

La femme flic incroyablement sexy : « Qui as-tu appelé poupée, mon mignon ? »

Rube, qui l'ignore et se tourne vers cet abruti de flic qui ne sait même pas ce qu'est un branleur : « Vous voulez bien parier pour nous, oui ou non ? »

Moi, m'adressant à tous mais pas assez fort : « Tout cela est complètement ridicule. »

Plusieurs personnes passent devant nous et se dirigent vers le bureau des paris.

La femme flic, s'adressant à moi : « Tu viens faire un tour avec moi ? »

Moi : « Avec plaisir. »

Bien évidemment, cela n'est que le fruit de mon imagination...

Le flic branleur : « D'accord. »

Rube, interloqué : « *Quoi ?* »

Le flic branleur : « OK pour parier à votre place. »

Rube, bredouillant : « Vraiment ? »

Le flic branleur, essayant de frimer : « Ben oui, ça m'arrive souvent de le faire, pas vrai, Cassy ? »

Cassy la femme flic mégasexy, absolument pas impressionnée : « Si tu le dis... »

Moi : « Mais c'est pas contraire à la morale ? »

Rube, incrédule, s'adressant à moi : « T'es complètement dérangé ou quoi ? »

(Ces derniers temps, il semble s'être lassé d'utiliser l'expression « complètement débile ». Il trouve que sa nouvelle manière de parler fait plus sophistiquée. Ou quelque chose dans ce goût-là...)

Moi : « Non, pas du tout. Mais... »

Tous les trois, me regardant : « Ferme-la. »

Quelle bande de salauds !

Le flic branleur : « C'est quoi, le numéro du chien ? »

Rube, visiblement satisfait de lui : « Le trois. »

Le flic branleur : « Et son nom ? »

Rube : « Espèce-de-Saligaud. »

Le flic branleur : « Quoi ? »

Rube : « J'vous le jure. Regardez, c'est écrit dans le programme. »

On regarde.

Moi : « Comment ont-ils réussi à le faire courir avec un nom pareil ? »

Rube : « Aujourd'hui, c'est une course d'amateurs. On peut faire courir n'importe quel chien pourvu qu'il ait quatre pattes. C'est même étonnant qu'il n'y ait pas de caniches. » Il me regarde d'un air très sérieux. « Notre champion peut courir super vite. Crois-moi sur parole. »

Le flic branleur : « C'est bien celui qui ressemble plus à un rat qu'à autre chose ? »

La splendide femme flic : « Mais il peut courir comme un dératé, à ce qu'il paraît. »

Quoi qu'il en soit, tandis que le flic prend notre argent, s'éloigne, jette le sachet contenant son friand dans une poubelle et place le pari pour nous, voici ce qui arrive : Rube sourit de toutes ses dents, la femme flic garde les mains posées sur ses hanches voluptueuses, et moi, Cameron Wolfe, je m'imagine en train de faire l'amour avec elle... dans le lit de ma sœur, pour être précis.

Vraiment pas l'endroit idéal, n'est-ce pas ?

Mais...

Comment faire autrement ?

Quand le flic revient, il dit : « Moi aussi, j'ai misé dix dollars sur le chien. »

« Vous ne le regretterez pas », l'assure Rube en récupérant nos reçus. Puis il continue : « Eh eh, mais je vais vous dénoncer pour ce que vous avez fait... parier pour des mineurs. C'est absolument scan-daleux ! »

(Depuis que je connais mon frère, je ne l'ai jamais entendu dire *scandaleux* normalement. Il faut toujours qu'il le prononce en deux fois. *Scan* et *daleux.* « Scan-daleux. »)

« Qu'est-ce que ça peut te faire ? rétorque le flic. Et en plus... à qui tu vas le dire ?

— Ben, aux flics », répond Rube.

On sourit vaguement avant de prendre la direction des tribunes. Là, on s'assied et on attend la course.

« Espèce-de-Saligaud a intérêt à être bon ! » déclare le flic, mais personne ne l'écoute.

L'atmosphère devient lourde tandis que les entraîneurs, joueurs, voleurs, bookmakers, les gros types, les grosses filles, les gros fumeurs, les alcoolos, les flics corrompus et les jeunes parieurs attendent, leurs pensées tournées vers la piste.

« On dirait vraiment un rat, dis-je quand le lévrier que l'on a choisi se met à courir comme un furet et passe devant nous. Au fait, c'est quoi un dératé ?

— Je ne sais pas », répond le flic.

Rube : « On se fout de savoir ce qu'est un dératé. La seule chose importante, c'est que ça va vite.

— Ouais. »

À présent, Rube et le flic sont inséparables. Les meilleurs potes du monde. L'un d'eux porte un uniforme ; ses cheveux bruns sont coupés ras. L'autre est en haillons. Il pue la sueur et l'eau de Cologne bon marché. Ses cheveux châtains et ondulés pendouillent au-dessus de ses épaules. Ses yeux ressemblent à un feu que l'on a piétiné pour l'éteindre ; son nez est empli de morve ; il s'est tellement rongé les ongles qu'on dirait des griffes. Inutile de le préciser, le second est mon frère. Un Wolfe, une canaille, une vraie.

Puis il y a la femme flic.

Puis il y a moi.

Qui bave.

« Et c'est parti ! »

C'est une espèce de branleur, si je puis me permettre l'expression, qui donne le départ en hurlant dans un haut-parleur. Puis il débite les noms des chiens si rapidement que c'est à peine si j'arrive à suivre. Il y a Caramel-Mou, Dans-la-Dèche, Cluedo, Lucifer et Chien-de-Gouttière, et tous sont devant Espèce-de-Saligaud, qui se traîne comme un rat avec une souricière collée au derrière.

Les spectateurs se lèvent.

Ils hurlent.

La femme flic est splendide.

Des gens crient.

« Vas-y Qu'il-est-beau ! »

D'autres corrigent : « Ce chien s'appelle Cluedo !

— Quoi ?

— Cluedo !

— Ah... Vas-y Qu'il-est-beau !

— Bah... laissez tomber ! »

Les spectateurs applaudissent et poussent des hurlements.

Canon, je vous le dis. Elle est canon. Une brunette supercanon.

Puis le rat finit par se débarrasser de la souricière et gagne un peu de terrain.

Rube et le flic s'égaient un peu.

« Vas-y Espèce-de-Saligaud ! Vas-y Espèce-de-Saligaud ! »

Tous les chiens pourchassent un lapin ridicule autour de la piste. Les spectateurs, eux, ressemblent à des prisonniers en fuite.

Courant.

Espérant.

Sachant bien que le monde est en train de les rattraper.

Se cramponnant.

Se cramponnant à la vie jusqu'à ce sordide moment de libération qu'est la course. Un moment éphémère, tapi dans l'ombre et attendant son heure, l'illusion d'un instant bien réel au milieu d'un océan de vide.

Et les spectateurs continuent à crier.

« Vas-y Lucifer ! »

« Vas-y Dans-la-Dèche ! »

Rube et le flic : « Vas-y Espèce-de-Saligaud ! Vas-y Espèce-de-Saligaud ! »

On regarde tous le rat qui sort soudain de la piste, dérape et perd l'équilibre avant de tomber sur le dos.

« Oh, espèce de saligaud ! » s'écrie Rube en grimaçant, et ce n'est pas le nom du chien qu'il vient de hurler tandis que celui-ci se débat comme un diable pour se redresser et reprendre la course.

Et il y parvient.

Il court bien, notre espèce de saligaud.

Il arrive même deuxième. Rube jette un coup d'œil au reçu et se tourne vers le flic :

« Vous l'avez joué gagnant ou dans le désordre ? »

Vu la tête du flic, on connaît déjà la réponse.

« On peut dire que vous êtes pas bien futé, hein ? dit Rube en riant et en donnant au flic une tape dans le dos.

— Ouais », répond le flic.

Ce n'est plus un branleur à présent. Juste un type qui a oublié le monde pendant quelques minutes en regardant des chiens sprinter autour d'une piste. Et il s'appelle Gary... Ça fait un peu pédé, mais quelle importance ?

On les salue. Je rêve une dernière fois de Cassy la femme flic canon. Et je la compare à toutes celles qui sont passées dans mon lubrique esprit d'adolescent.

Je pense à elle sans arrêt tandis qu'on rentre à la maison où nous attend l'immuable soirée du samedi :

Notre sœur sort. Notre frère ne bouge pas et passe la soirée tranquillement. Papa lit le journal. Mrs Wolfe, notre mère, se couche tôt. Rube et moi, on discute un peu avant de dormir.

« Elle me plaisait bien, dis-je devant l'entrée de la maison.

— J'ai vu. »

Rube sourit et ouvre la porte.

« Hé, Rube, tu dors ?

— À ton avis ? Ça ne fait que deux minutes que je suis couché.

— Non, ça fait plus longtemps.

— Je te dis que non, espèce de pédé. Et puis qu'est-ce que tu veux ? Qu'est-ce que tu veux, hein ?

— Que tu éteignes la lumière.

— Hors de question.

— Allez... J'étais là le premier et t'es plus près de l'interrupteur.

— Et alors ? Je suis le plus vieux. Tu devrais respecter tes aînés et éteindre la lumière toi-même.

— Qu'est-ce que c'est que ces conneries ?

— On laisse allumé. »

La lumière reste allumée dix minutes et ensuite, devinez qui l'éteint ? Moi, Cameron.

« Tu crains, lui dis-je.

— Merci. »

2

J'entends du bruit vers trois heures du matin. Sarah est en train de vomir dans la salle de bains. Je me lève et la trouve avachie sur la cuvette des W.-C. qu'elle étreint et berce dans ses bras. Elle trempe littéralement dedans.

Ses cheveux sont épais, comme ceux de tous les Wolfe, et tandis que je la regarde avec mes yeux qui me brûlent et me démangent, j'aperçois du vomi collé à une touffe de ses cheveux. J'attrape du papier toilette et j'enlève ce que je peux avant de mouiller une serviette pour tout bien nettoyer. Le vomi pue. Je hais cette odeur.

« Papa ?

— Papa ? »

Elle rejette la tête en arrière.

« C'est toi, papa ? » demande-t-elle avant de se mettre à pleurer.

Puis elle retrouve son calme, me tire vers elle, m'obligeant à m'agenouiller, et me dévisage. Les mains posées sur mes épaules, elle gémit presque en silence :

« Je suis désolée, papa. Je suis désolée...

— C'est moi, dis-je, Cameron.

— Tu mens, répond-elle, arrête de mentir, papa », et de la salive tombe sur sa peau, dans le décolleté de son chemisier rouge, et coule sur son cœur. Son jean est si étroit qu'il lui coupe les hanches. À tel point que je suis surpris que ça ne la fasse pas saigner. C'est la même chose avec ses talons. Ses chaussures laissent sur ses chevilles des traces de morsure.

« Arrête de mentir », répète-t-elle.

Alors j'arrête.

J'arrête de mentir et je dis :

« D'accord, Sarah, c'est moi, papa. Je vais te mettre au lit. »

Et à ma grande surprise, elle réussit à se lever et à se traîner dans sa chambre. Je lui enlève rapidement ses chaussures avant qu'elles ne lui blessent les pieds.

Elle marmonne.

Elle bafouille quelques mots tandis que je m'assieds par terre, contre son lit.

« J'en ai marre », répète-t-elle.

Et elle continue, encore et encore, avant de lentement s'endormir.

Avant de dormir pour de bon.

Une nuit de sommeil, me dis-je, *lui fera du bien.*

Ses dernières paroles sont : « Merci, papa... j'veux dire, merci, Cam. » Puis sa main tombe sur mon épaule et y reste posée. Je souris, du moins comme quelqu'un peut sourire alors qu'il est assis, recroquevillé et frissonnant, dans la chambre de sa sœur qui vient de rentrer à la maison, les veines, les os et l'haleine saturés d'alcool.

Installé ainsi près du lit de Sarah, je m'interroge sur ce qui lui arrive en ce moment. Je me demande pourquoi elle se fait autant de mal. *Est-ce qu'elle se sent seule ? Est-elle malheureuse ? Angoissée ?* J'aimerais pouvoir dire que je la comprends mais ce serait faux. Car à vrai dire, je ne sais pas trop. Ce serait comme essayer d'expliquer pourquoi, Rube et moi, on va aux courses de chiens. Ce n'est pas qu'on soit inadaptés, mal intégrés ou quelque chose dans ce genre-là. C'est juste comme ça. On va aux courses. Sarah va se soûler. Avant, elle avait un copain, mais il l'a quittée.

Arrête, me dis-je, *arrête de penser à tout ça.* Mais je n'y arrive pas tout à fait. Même quand j'essaie de penser à autre chose, ce sont les autres membres de ma famille qui me viennent à l'esprit.

Papa... il était plombier mais il a eu un accident de travail il y a quelques mois. Il a perdu tous ses clients. L'assurance a payé pour ses blessures mais, à présent, il est au chômage.

Mrs Wolfe... elle travaille dur en tant que femme de ménage et elle vient de trouver un emploi dans un hôpital.

Steve... qui travaille, attend et ne désire qu'une chose : quitter la maison.

Rube et moi... les deux plus jeunes.

« Cam ? »

La voix de Sarah, embrumée par le bourbon-Coca et d'autres cocktails dont l'odeur flotte dans la pièce, arrive jusqu'à mes oreilles.

« Cam.

— Cam'ron. »

Puis elle s'endort.

Rube entre alors dans la chambre et marmonne :

« Hmm ?

— Tu veux bien aller tirer la chasse d'eau ? » je lui demande.

Il s'exécute. J'entends le vrombissement de la chasse d'eau.

À six heures, je me lève et retourne dans notre chambre.

Je pourrais embrasser Sarah sur la joue avant de partir, mais je n'en fais rien. Au lieu de ça, j'essaye d'aplatir mes cheveux mais je finis par y renoncer... ils rebiquent et je n'y peux pas grand-chose.

Quand je me réveille pour de bon, vers sept heures, je vais voir Sarah une dernière fois, histoire de vérifier qu'elle n'a pas acquis le statut de superstar en mourant après une soirée de biture, étouffée dans son vomi. Il ne lui est rien arrivé mais sa chambre est une véritable calamité. Ça sent :

L'alcool.

La fumée.

La gueule de bois.

Et Sarah est vautrée sur son lit, comme encroûtée là-dedans.

Des rayons de lumière percent à travers sa fenêtre.

Je marche.

Dehors.

C'est dimanche.

Puis je rentre prendre mon petit déjeuner, vêtu d'un pantalon de survêtement et d'un T-shirt. Je suis pieds nus. Je regarde la fin de *Rage* en baissant le son. Puis apparaît un businessman portant un costume, une cravate et un faux mouchoir dans sa poche de poitrine.

« Cam. »

C'est Steve.

« Steve », je réponds, et ce sont à peu près les seules paroles que l'on échangera de la journée. Prononcer nos prénoms, c'est notre manière de nous dire bonjour. Il part toujours tôt le matin, même le dimanche. Il vit avec nous, mais c'est comme s'il n'était pas là. Il va sûrement aller voir ses amis, aller à la pêche ou tout simplement disparaître. Peut-être sortira-t-il de la ville. Il ira vers le sud, là où l'eau est claire et où les passants vous saluent. Il travaille et attend. C'est tout. C'est Steve. Il est prêt à payer plus que sa pension afin que papa et maman puissent garder la tête hors de l'eau, mais ils refusent.

Ils sont trop fiers.

Trop têtus.

Papa dit qu'on va s'en sortir, qu'il va bientôt retrouver du travail. Mais le temps passe. Le temps passe, s'étire, et maman se tue à la tâche.

« Merci. »

La journée s'est lentement écoulée et voilà ce que me dit Sarah dans la soirée quand je la revois finalement. Elle descend dans le salon juste avant le dîner.

« Je suis sincère », ajoute-t-elle d'une voix douce, et quelque chose dans son regard me rappelle le *Vieil Homme et la Mer.*

La voile rapiécée de l'embarcation du héros me fait penser à un drapeau. Le drapeau d'un perpétuel échec. Et le regard de Sarah exprime cela. Ses pupilles sont de la couleur de l'échec, même si son hochement de tête, son sourire et le mouvement malhabile qu'elle accomplit pour s'asseoir sur le divan indiquent qu'elle n'a pas encore abandonné. Elle va juste continuer à vivre, comme nous tous.

Et continuer à sourire, comme nous tous.

On sourit par instinct, puis on lèche nos plaies dans un coin sombre. On palpe du doigt nos cicatrices. On en garde la mémoire.

Au dîner, Rube arrive en retard, juste avant Steve.

Voici à quoi ressemble la famille Wolfe attablée :

Notre mère mange en conservant un air digne.

Papa avale une saucisse brûlée mais le goût qui lui reste dans la bouche, c'est celui du chômage. Son visage ne porte plus les marques du tuyau qui lui a déchiré la peau et brisé la mâchoire. La blessure a bien cicatrisé, du moins à l'extérieur.

Sarah fait de son mieux pour ne pas régurgiter ce qu'elle absorbe.

Moi, j'observe les autres.

Rube engloutit la nourriture et sourit dans le vide

alors que nous avons une corvée peu agréable à accomplir très bientôt.

C'est papa qui prend les devants :

« Alors ? » dit-il en nous regardant, Rube et moi, une fois le repas terminé.

Alors quoi ?

« Alors quoi ? » demande Rube bien que nous sachions tous deux de quoi il retourne.

Nous devons promener le chien du voisin deux fois par semaine, le dimanche et le mercredi. Il faut savoir que la plupart des gens du quartier nous considèrent comme des voyous, Rube et moi. De sorte que pour rentrer dans les bonnes grâces de Keith, notre voisin de gauche (celui que nous dérangeons le plus), il a été décidé que nous sortirions son chien car il n'a pas le temps de le faire lui-même. L'idée est venue de notre mère, bien évidemment, et nous avons obéi. On a sûrement beaucoup de défauts, mon frère et moi, mais je ne pense pas qu'on soit indisciplinés ou paresseux.

Comme d'habitude, donc, on attrape nos vestes et on sort.

L'entourloupe dans cette affaire, c'est que le chien est une espèce de nain à poil long appelé Miffy. Miffy, bordel ! Quel nom ! C'est un loulou de Poméranie et c'est un vrai calvaire de le promener. On attend donc qu'il fasse nuit, puis on frappe à la porte d'à côté. Rube prend alors sa voix la plus aiguë pour appeler : « Miffy ! Miffy ! Viens voir tonton Rube ! » Et l'horreur sur pattes accourt vers nous comme une espèce de ballerine. Je vous le jure, quand on promène ce chien et qu'on aperçoit quelqu'un qu'on connaît, on met nos capuches et on regarde dans la direction opposée. J'veux dire, des mecs comme nous peuvent pas se permettre d'être vus avec un loulou de Poméranie du nom de Miffy. Imaginez-nous dans la rue : des ordures partout, la circulation, les gens qui hurlent par-dessus le boucan que font leurs télés, des hard-rockers et des mecs aux allures de racaille qui traînent là... et puis deux ados stupides promenant une boule de poils.

C'est intenable.

Ni plus ni moins.

La honte, quoi.

« C'est la honte », dit Rube.

Même ce soir, alors que Miffy est plutôt de bonne humeur.

Miffy.

Miffy.

Plus je répète ce nom, plus j'ai envie de rire. Le loulou de l'enfer. Prenez garde, sinon Miffy va vous avoir. Eh bien, c'est nous qu'il a bien eus.

On sort.

On le promène.

On en discute.

« On n'est rien de plus que des esclaves, mon vieux », conclut Ruben.

On s'arrête. On regarde le chien. On repart.

« Regarde-nous. Toi, moi, notre ami Miffy et...

— Quoi ?

— Rien.

— Quoi ? »

Il crache le morceau facilement parce qu'il en meurt d'envie depuis tout à l'heure. Au retour, devant notre maison, Ruben me regarde droit dans les yeux et dit :

« J'ai discuté avec mon pote Jeff aujourd'hui. À ce qu'il paraît, les gens racontent des trucs à propos de Sarah.

— Qu'est-ce qu'ils racontent ?

— Qu'elle traîne. Qu'elle se bourre la gueule et qu'elle traîne beaucoup. »

A-t-il vraiment dit ce que je crois avoir entendu ?

Sarah traîne beaucoup.

Oui, il l'a dit.

Aucun doute là-dessus. Et bientôt, cela va changer la vie de mon frère Ruben. Il va se retrouver sur un ring de boxe.

Plein de filles le remarqueront.

Il deviendra célèbre.

Et je serai emporté avec lui. Un petit incident va

suffire pour tout déclencher. Et cet incident consistera à casser la gueule à un type du lycée qui aura utilisé à propos de Sarah une insulte pas très originale.

Mais pour le moment, on reste devant la maison.

Rube, Miffy et moi.

« Nous sommes des Wolfe, déclare-t-il finalement. Et les Wolfe sont au-dessus du lot. Ils devraient manger les loulous de Poméranie, pas les promener. »

C'est pourtant ce qu'on vient de faire.

Surtout, n'acceptez jamais de promener le chien nain de votre voisin. Croyez-moi sur parole.

Vous le regretterez.

« Hé, Rube ?

— Quoi ? La lumière est éteinte.

— Tu penses que c'est vrai, ce que les gens racontent ?

— À quel sujet ?

— Tu sais bien... à propos de Sarah.

— Je sais pas. Mais si j'entends quelqu'un dire quoi que ce soit, je vais le démolir. Je vais le buter.

— T'es sérieux ?

— Bien sûr, sinon je ne le dirais pas. »

Et c'est à peu près ce qui va se passer.

3

Rube frappe le type, les poings en sang et les yeux brillants, mais d'abord ceci :

Cela fait maintenant presque cinq mois que notre père est au chômage. J'y ai déjà fait allusion mais il faut vraiment que je vous explique ce qui s'est passé. Ce jour-là, il travaillait sur un chantier, en grande banlieue. Un de ses collègues a ouvert l'arrivée d'eau trop tôt. Un tuyau a éclaté sous la pression et mon père a reçu le jet d'eau, un véritable obus, en plein dans le visage.

La tête explosée.

La mâchoire brisée.

Plein de points de suture.

Plein de fils partout.

Cela dit, il est comme tous les autres pères, mon vieux.

Réglo.

Mais dur.

Et parfois même méchant. Enfin, quand il est de mauvaise humeur. Mais d'une manière générale, c'est un type normal avec un nom qu'on pourrait donner à un chien. Et en ce moment, j'ai de la peine pour lui. Il n'est plus que la moitié de lui-même car, semble-t-il, lorsqu'un homme n'a pas de travail et que sa femme et ses enfants gagnent seuls l'argent du foyer, cet homme n'est plus que la moitié de lui-même. C'est ainsi. Les mains perdent leur couleur. Les battements de cœur deviennent plus lents.

Mais il ne faut pas oublier que papa refuse que Steve ou Sarah payent la moindre facture. Leur part habituelle, pas plus. Mais même quand il dit « Non, non, il n'y a pas de problème », il est aisé de voir l'endroit où il est à vif. Là où les ténèbres déchirent sa chair et prennent son âme à la gorge. Souvent, je travaillais avec lui le samedi. Il me grondait et jurait quand je faisais une bourde, mais lorsque je me débrouillais bien, il me félicitait. C'était généralement court et précis.

Nous sommes des travailleurs.

Le travail.

Quelle blague !

C'est vraiment risible.

À part Steve, on n'est pas des gagnants.

Tout juste des survivants.

Nous sommes des Wolfe[1], des chiens sauvages, et survivre est notre lot quotidien. Nous sommes petits et nous vivons dans une petite maison située dans une petite rue. De là, on aperçoit la ville et la voie ferrée, et d'une certaine manière, d'une manière cruelle, on peut dire que c'est beau. Je dis cruelle parce cette ville, on la partage et on se bat pour y garder sa place.

C'est le mieux que je puisse faire pour m'expliquer. Quand je passe devant les minuscules maisons de notre rue, je me demande toujours ce qui se passe à l'intérieur. Parce que ces maisons ont des murs et un toit, forcément. La seule chose qui me pose problème, ce sont les fenêtres. Pourquoi ont-elles des fenêtres ? Pour que les passants puissent y jeter un œil ? Ou pour que les habitants puissent regarder dehors ? Chez nous, c'est peut-être petit, mais quand votre père est dévoré par sa propre ombre, on réalise que dans toutes les autres maisons, il se déroule peut-être quelque chose d'aussi triste, sauvage et singulier sans que quiconque le voie.

---

1. Wolf signifie loup en anglais. (*N.d.T.*)

Voilà peut-être le but de ces quelques pages : amener le monde devant ces fenêtres.

« Ce n'est pas un problème », dit maman un soir.

Je l'entends de mon lit tandis qu'elle et papa discutent des factures à payer. Je les imagine parfaitement assis à la table de la cuisine. Beaucoup de combats ont lieu dans cette pièce, beaucoup de combats y sont gagnés ou perdus.

« Je ne comprends pas..., répond papa. J'ai toujours eu trois mois de travail devant moi, mais depuis... »

Sa voix déraille. Je vois ses pieds, son jean, ainsi que la cicatrice qui lui barre un côté du visage et descend jusque dans son cou. Ses mains sont jointes, formant un seul poing contre la table.

Il est blessé.

Désespéré... Ce qui rend la décision qu'il va prendre tout à fait compréhensible, même s'il est difficile de ne pas lui en vouloir.

Le porte-à-porte.

Le porte-à-porte devant des portes closes.

« J'ai essayé de passer des annonces dans les journaux. » Il élève la voix dans la cuisine. Nous sommes le samedi suivant. « Et comme j'ai tout essayé, j'ai décidé d'aller frapper aux portes pour faire des réparations à petit prix. »

Ma mère pose devant lui un mug ébréché rempli

de café. Elle reste là, immobile, et Rube, Sarah et moi observons la scène en silence.

Le week-end suivant, c'est encore pire : Rube et moi, on l'aperçoit dans la rue. Il s'éloigne du portail d'une maison et on peut lire sur son visage qu'il vient d'essuyer un refus. C'est étrange. Étrange de l'observer ainsi alors que quelques mois auparavant, notre père était dur, intraitable, et qu'il ne nous passait rien. (Non qu'il se soit assoupli, mais ce n'est plus la même chose). Il était brutal dans sa volonté d'être juste. Cruel dans ses jugements. Plus dur que nécessaire, pour notre bien. Il avait les mains crasseuses, des billets dans la poche et de la sueur sous les aisselles.

Rube me parle tandis que l'on reste dans la rue en s'assurant qu'il ne nous voie pas.

« Tu te rappelles quand on était mômes ?

— Quand *nous étions* mômes.

— Oh, arrête, tu veux bien ?

— D'accord. »

On se dirige vers une vieille boutique d'Elizabeth Street qui a fermé il y a des années. Rube continue de parler. Dans le ciel gris, quelques ronds bleus trouent le duvet de nuages. On s'assied contre un mur, sous une fenêtre murée.

« Je me souviens quand on était plus jeunes et que papa posait une nouvelle clôture parce que l'ancienne était en train de s'effondrer, dit-il. J'avais presque dix ans, tu en avais neuf et il travaillait du matin jusqu'au soir. »

Rube redresse les genoux et pose le menton dessus. Dans le ciel, les trous bleus s'élargissent. Je regarde à travers eux, comme pour voir ce dont Rube parle.

Je me souviens très clairement de cette période. À la fin de la journée, quand le soleil disparaissait à l'horizon, papa se tournait vers nous avec quelques clous dans le creux de la main. « Ces clous sont tout simplement magiques, les gars, disait-il. Ce sont des clous magiques. » Et le lendemain, on se réveillait au son du marteau et on y croyait. On croyait vraiment que les clous étaient magiques et peut-être le sont-ils encore car j'ai toujours en tête ce martèlement qui évoque notre père tel qu'il était : grand et puissant, le sourire dur, les cheveux bouclés. Le dos légèrement voûté, la chemise sale. Les yeux extraordinairement grands... On sentait chez lui une sorte de satisfaction. Une impression de maîtrise, d'assurance, émanait de lui quand il s'asseyait et martelait dans la lueur orangée du matin ou dans la semi-obscurité que crée la pluie fine, quand les gouttes d'eau tombent tels des éclats de nuage. Il était alors notre père, pas seulement un être humain.

« Maintenant, il est, dis-je à Rube, comme trop réel, tu vois ce que je veux dire ? »

Il n'y a pas beaucoup d'autres choses à dire quand on vient de voir son père faire du porte-à-porte.

Réel.

Déchu.

La moitié de lui-même, mais,

Encore humain...

« Le salaud ! » dit Rube en se marrant, et je ris moi aussi car cela semble être la seule chose logique à faire. « On va devoir se cacher au lycée.

— C'est sûr. »

Il faut que vous compreniez que papa prospecte dans notre quartier, ce qui signifie qu'au bahut les autres élèves risquent d'être bientôt au courant. Ils finiront par le découvrir, c'est certain. Et Rube et moi, on va en pâtir. On n'y peut rien.

Papa, le porte-à-porte, la honte, à quoi s'ajoute Sarah qui rentre tard.

Trois soirs de suite.

Trois beuveries.

Deux fins de soirée passées à vomir.

Puis cela arrive.

Au lycée.

« Eh, Wolfe, Wolfe !

— Quoi ?

— Ton vieux, il est venu frapper à notre porte ce

week-end. Il cherchait du travail. Ma mère lui a répondu qu'il était tellement nul qu'elle ne le laisserait même pas s'approcher de nos tuyaux. »

Rube rigole.

« Eh, Wolfe... je pourrais envoyer ton père acheter le journal. Il pourra garder la monnaie ! »

Rube sourit.

« Eh, Wolfe, quand est-ce que ton vieux va toucher ses indemnités de chômage ? »

Rube regarde fixement le type.

« Eh, Wolfe, va peut-être falloir que t'arrêtes les études pour travailler. J'crois que ta famille en aurait bien besoin. »

Rube serre les dents.

Et c'est alors,

Que ça arrive.

Le commentaire de trop :

« Si ta famille a tellement besoin d'argent, ta sœur pourrait peut-être faire le trottoir, non ? De toute façon, j'ai entendu dire qu'elle traînait beaucoup... »

Rube.

Rube.

« Rube ! » je crie en courant.

Trop tard.

Beaucoup trop tard, car Ruben cogne déjà.

Ses doigts sont en sang à force de frapper la

mâchoire du type. Il le martèle du poing sans discontinuer. Il n'utilise d'abord que sa main gauche mais c'est déjà fini, l'autre n'a aucune chance. Presque personne n'assiste à la scène. Presque personne ne le sait, mais Rube est en train de démolir un élève. Ses coups partent à toute vitesse et touchent l'autre au visage.

Ses coups l'abattent, le mettent en morceaux. Les jambes du type fléchissent. Il tombe et heurte le béton.

Rube reste immobile et parcourt des yeux le corps de son adversaire.

Je m'approche de lui.

« Je n'aime pas trop ce mec, dit-il avant de soupirer. Il va lui falloir du temps pour se relever. »

Puis il regarde le garçon dans le blanc des yeux et ajoute :

« Je ne laisserai personne traiter ma sœur de prostituée, de putain, de salope ou de quoi que ce soit dans ce genre-là. »

Le vent soulève ses cheveux et le soleil brille sur son visage. Son corps sec et efflanqué m'apparaît terriblement robuste tout à coup, et il sourit. Quelques élèves seulement ont vu ce qui vient de se passer mais la rumeur commence à se répandre.

D'autres arrivent.

« Qui ? demandent-ils. Ruben Wolfe, mais ce n'est qu'un... »

Un quoi ? je me demande.

« Je ne voulais pas le frapper aussi fort, explique Ruben en suçant ses poings, ou pas avec autant d'efficacité. »

J'ignore ce qu'éprouve exactement le type à terre mais je me rappelle soudain les nombreux combats auxquels on s'est livrés dans notre jardin, Rube et moi, avec un seul gant chacun. (C'est ce qu'on fait quand on n'a qu'une seule paire à se partager.)

Mais cette fois, c'est différent.

Cette fois, c'est pour de vrai.

« Cette fois, j'ai utilisé les deux mains, dit Rube en souriant et je sais alors que l'on a pensé à la même chose. »

Je me demande ce qu'on ressent en frappant quelqu'un pour de bon... en allant jusqu'à écraser son poing nu sur le visage d'un autre. Ce qui n'est pas la même chose que de jouer à se battre contre son frère avec des gants de boxe.

Ce soir-là, à la maison, on demande à Sarah ce qui lui est arrivé.

Elle nous explique qu'elle a fait des choses stupides ces derniers temps.

On lui dit d'arrêter.

Elle ne répond rien mais hoche la tête en silence.

J'ai très envie de demander à Ruben ce qu'il a ressenti en frappant le mec mais je n'ose pas. Je renonce toujours au dernier moment.

Par ailleurs, au cas où cela vous intéresserait, sachez que quelque chose s'est mis à puer dans notre chambre. Mais on ignore de quoi il s'agit.

« Putain, qu'est-ce que c'est que *ça* ? me demande Ruben d'un ton menaçant. Ce sont tes pieds ?

— Non.

— Tes chaussettes ?

— Impossible.

— Tes chaussures ? Ton slip ?

— C'est cette conversation qui pue.

— Arrête de faire le malin.

— D'accord.

— Sinon, je te défonce la tête.

— D'accord !

— Espèce de...

— *D'accord !*

— Il y a toujours un truc qui pue dans votre chambre », intervient mon père qui passe la tête dans l'entrebâillement de la porte juste à ce moment-là.

Il secoue la tête en exagérant son air de dégoût. J'ai alors le sentiment que la situation peut s'améliorer. Un petit peu, en tout cas.

« Hé, Rube !

— Tu m'as réveillé, espèce de connard.

— Je suis désolé.

— Mon œil !

— En fait, t'as raison. Je suis pas mécontent de t'avoir réveillé. Tu le mérites.

— Qu'est-ce qu'il y a, encore ?

— Tu ne les entends pas ?

— Qui ça ?

— Maman et papa. Ils discutent dans la cuisine. À propos des factures.

— Ouais, ils ont du mal à les payer.

— C'est...

— Bordel ! C'est quoi cette odeur ? C'est vraiment l'horreur. T'es sûr que ce ne sont pas tes chaussettes ?

— J'en suis certain. »

Je m'interromps un moment pour reprendre mon souffle.

Je formule la question dans ma tête. Et finalement, je la pose :

« Ça t'a fait plaisir de casser la gueule à ce type ?

— Un peu mais pas vraiment.

— Pourquoi ?

— Parce que... » Il réfléchit un moment. « ... je savais que j'allais le démolir, mais dans le fond, le type lui-même, je m'en foutais. J'ai fait ça pour Sarah. » Je

le sens qui fixe le plafond. « Tu vois, Cameron, il n'y a que moi, toi, maman, papa, Steve et Sarah qui comptent dans ma vie. Le reste du monde, je m'en fous complètement. Les autres peuvent aller se faire foutre.

— Et tu crois que je suis comme ça, moi aussi ?

— Toi ? Pas du tout. » Il hésite une seconde. « Et c'est le problème avec toi. Tu te soucies trop des autres. »

Et ce qu'il dit est vrai.

4

Maman est en train de préparer de la soupe aux pois. Il y en aura pour la semaine entière, ce qui ne me pose pas de problème. Il y a vraiment pire comme plat.

« Vraiment extra, ta soupe, lui dit Ruben après avoir englouti son assiette le mercredi soir. Le soir de Miffy.

— Il en reste encore, répond maman.

— J'en veux bien », dit Ruben en riant alors que nous restons tous silencieux.

Steve et Papa viennent de se disputer à propos de l'inscription de celui-ci au chômage. Le silence est lourd, embarrassé. En me remémorant ce qui a été dit, je sens que nous sommes sur un terrain glissant.

« C'est hors de question, a dit papa.

— Mais pourquoi ?

— Parce que je ne m'abaisserai pas à ça.

— C'est complètement stupide ! Je te rappelle que tu frappes déjà à toutes les portes comme un gentil petit boy-scout proposant de passer l'aspirateur ou d'essuyer la poussière pour quelques pièces. » Steve lui a lancé un regard furieux. « Et ce serait bien de pouvoir payer les factures dans les délais. »

C'est alors que mon père a glissé ses poings sous la table.

« Non », a-t-il répété.

J'ai alors compris qu'il ne céderait pas facilement. Qu'il était prêt à mourir en se battant si cela était nécessaire.

Steve a essayé une autre tactique :

« Maman ?

— Non », a-t-elle répondu, et là, on a compris que c'était définitif.

Pas de chômage.

Pas de marchandage.

Plus tard, quand on promène Miffy, je ressens l'envie de parler de ce qui s'est passé. Mais Rube et moi, on fait tellement attention à ne pas se faire remarquer que l'on ne peut échanger un mot. Même ensuite, dans notre chambre, on ne bavarde pas. On dort tous les deux d'un sommeil profond et on se réveille le lendemain sans savoir que c'est le jour de Ruben... le jour où tout va changer. En deux temps trois mouvements.

Ça se passe après les cours.

Juste devant notre maison.

« On peut discuter à l'intérieur ? » nous demande un type à l'air coriace.

Il est appuyé contre la grille d'entrée et ne semble pas réaliser qu'elle risque de s'écrouler d'une seconde à l'autre. Cela dit, il ne semble pas être du genre à s'en soucier. Il est mal rasé et porte une veste en jean. Il a un tatouage sur la main. Il reprend :

« Alors ? »

Rube et moi,

On l'observe,

Puis on se dévisage.

« Bon, primo, dit Rube alors que le vent souffle dans la rue, qui êtes-vous, bordel ?

— Oh, désolé, dit le mec avec un fort accent du coin. Je suis quelqu'un qui peut soit changer ta vie soit la bousiller parce que tu fais le malin. »

Inutile de le préciser, on décide de l'écouter.

« J'ai entendu dire que tu te battais bien, dit-il en

faisant un geste en direction de Ruben. J'ai de bonnes sources et il paraît que tu as flanqué une bonne dérouillée à un type.

— Et alors ? »

À présent, droit au but :

« Alors je veux que tu te battes pour moi. Cinquante dollars si tu gagnes. Un bon pourboire en cas de défaite.

— J'crois que vous feriez mieux d'entrer. »

Rube sait déjà que cela pourrait devenir intéressant.

Il n'y a personne à la maison. On s'assoit donc dans la cuisine et bien que le mec me dise qu'il veut une bière, je lui prépare un café. Car même si on en avait, je ne lui en donnerais pas. Ce type est arrogant, caustique et pire que tout, il est également sympa. Et c'est toujours difficile de discuter avec ce genre d'individu. Lorsqu'un mec est franchement détestable, on peut facilement s'en débarrasser. Mais quand quelqu'un réussit à se faire apprécier, il est difficile de lui résister. Mélangez une dose de charisme, même infime, à tout ce que vous voudrez d'autre, et vous obtiendrez un cocktail mortel.

« Perry Cole. »

C'est son nom.

« Ruben Wolfe, dit Rube avant de pointer son doigt vers moi. Et voici Cameron Wolfe. »

On lui serre la main. Son tatouage représente un faucon. Très original.

Quoi qu'il en soit, Perry Cole ne perd pas son temps. Et quand il vous parle, il ne craint pas de se pencher vers vous, même si son haleine empeste. Sans détour, il nous explique tout. Il parle de la violence, des combats organisés, des descentes de police et de tout ce qu'impliquent ses activités.

« Voyez, dit-il d'un ton sec, je fais partie d'un réseau de combats de boxe clandestins. Pendant l'hiver, on organise des combats tous les dimanches après-midi dans quatre lieux différents de la ville. Il y a l'entrepôt derrière Glebe, qui est mon QG, une usine à Maroubra, un autre entrepôt à Ashfield, et il y a aussi un ring dans le Sud, à Helensburg, dans une ferme. » Lorsqu'il parle, sa langue projette de la salive qui vient se coller dans le coin de sa bouche. « Comme je te l'ai déjà dit... c'est cinquante dollars si tu gagnes. Si tu perds, tu peux toucher des pourboires. Et les gens déboursent comme tu ne l'imagines pas. On pourrait croire qu'ils ont autre chose à faire le dimanche, mais ce n'est pas le cas. Ils en ont marre du foot et de ce genre de conneries. Ils payent cinq dollars pour assister aux six combats de la soirée. La saison a commencé il y a déjà plusieurs semaines mais je pense qu'il y a encore de la place pour toi. Si tu as envie d'aller voir le dirigeant d'une autre équipe, il te proposera les mêmes conditions que moi. Si tu te bats bien, tu gagneras pas mal d'argent et je m'enrichirai moi aussi. Voilà comment ça se passe. Tu es partant ? »

Comme Rube ne s'est pas rasé aujourd'hui, il se frotte pensivement les poils du menton.

« Mais comment je vais me rendre aux combats ? Et comment je vais rentrer de Helensburg un dimanche soir ?

— J'ai un van et je passe prendre tous les membres de mon équipe. Si tu te blesses, je ne t'amène pas chez le médecin. C'est pas compris dans le service. Et si tu te fais tuer, c'est ta famille qui s'occupe de l'enterrement, pas moi.

— Oh, arrêtez vos conneries », lui dit Rube.

On se marre tous. Perry rigole de bon cœur. Il aime bien Rube. Ça se voit. Parfois, les gens aiment bien que l'on parle avec franchise.

« Et si tu te fais tuer..., répète Rube en l'imitant.

— Une fois, un mec a vraiment frôlé la mort, affirme Perry, mais il faisait vachement chaud. Le coup qu'il a reçu n'était pas très puissant mais la chaleur avait épuisé le type. C'était un poids lourd.

— Ah ouais ?

— Alors, répète Perry en souriant, ça t'intéresse ?

— Je sais pas trop. Il faut que j'en discute avec mon manager.

— Qui c'est ton manager ? demande Perry avant de sourire en hochant la tête vers moi. Ce n'est quand même pas cette petite lopette ?

— Ce n'est pas une petite lopette, rétorque Rube. C'est un vrai petit chou. » Puis il redevient sérieux. Il est peut-être maigrelet, mais il sait se battre, je peux vous l'assurer. »

Je n'en reviens pas. Mon frère, Ruben L. Wolfe, prend ma défense.

« C'est vrai ?

— Eh bien... vous n'avez qu'à voir par vous-même. On va vous faire une petite démonstration dans le jardin. » Rube me regarde. « On va juste escalader la clôture pour aller chercher Miffy. Comme ça, il ne se mettra pas à aboyer. Il aime nous regarder quand il est dans notre jardin, pas vrai ?

— Il adore ça », j'acquiesce.

Ce bon vieux Miffy ne supporte pas de rester de l'autre côté de la clôture. Il aime être au plus près de l'action, voir tout ce qui se passe. Mais ça peut mal tourner. Parce que soit il regarde avec plaisir, soit il s'ennuie et finit par s'endormir.

« Qui est Miffy ? demande Perry, interloqué.

— Vous allez voir. »

Rube, Perry et moi, on se lève pour aller dans le

jardin. On met nos gants, Rube escalade la clôture et me tend Miffy. Notre combat va bientôt débuter. À voir la tête de Perry, je peux vous dire qu'il est impatient d'assister au spectacle.

Portant chacun notre seul et unique gant de boxe, on est prêts à se battre mais Miffy le loulou de Poméranie demande un peu d'attention et quelques caresses. On s'agenouille donc tous les deux et on caresse le chien nain. Perry nous observe. Il a tout du type qui se ferait un plaisir de shooter dans un chien comme celui-ci. Mais il n'en fait rien.

« Ce chien est une vraie plaie, lui explique Ruben, mais on doit veiller sur lui.

— Viens ici, mon gars », dit Perry en tendant la main pour que le chien la renifle.

Et Miffy l'aime immédiatement. Il s'installe près de lui tandis que l'on entame notre combat à un gant.

Perry adore.

Il rigole.

Il sourit.

Il nous observe avec curiosité lorsque je tombe à terre la première fois.

Il donne une petite tape à Miffy quand je tombe la deuxième fois.

Il applaudit quand je réussis à toucher Rube à la mâchoire. Un bon marron.

Au bout d'un quart d'heure, on arrête.

« J'vous l'avais dit, pas vrai ? » dit Rube.

Perry hoche la tête.

« J'aimerais en voir un peu plus, déclare-t-il avec calme, mais échangez vos gants. »

Il semble réfléchir un moment, puis il nous observe attentivement quand on s'y remet.

C'est plus dur avec l'autre gant. On rate d'abord la plupart de nos coups mais, peu à peu, on trouve notre rythme. On fait plusieurs fois le tour du jardin. Puis Rube projette son poing vers moi. J'esquive et fais un écart avant de revenir sur lui. Je lui envoie un direct dans le menton et un autre dans les côtes. Il contre-attaque. Sa respiration reste parfaitement régulière tandis qu'il me frappe violemment à la pommette avant de me prendre à la gorge.

« Désolé, dit-il.

— Y a pas de mal. »

On reprend.

Il me donne un coup sous les côtes et j'en ai le souffle coupé. Je laisse échapper un glapissement.

Rube se redresse.

Moi aussi, mais :

« Achève-le », déclare Perry.

Rube lui obéit.

Quand je reviens à moi, la première chose que je vois, c'est l'affreuse gueule de Miffy qui se presse contre mon visage. Puis j'aperçois Perry qui sourit. Et Rube qui a l'air inquiet.

« Ça va, je lui dis.

— Tant mieux. »

Ils m'aident à me relever et on retourne tous les trois dans la cuisine. Ruben et Perry s'assoient. Je m'effondre sur une chaise. Je suis complètement nase. Une bande verte barre mon champ de vision et j'ai des picotements dans les oreilles.

Perry fait un geste en direction du réfrigérateur.

« Il n'y a vraiment pas de bière ?

— Vous êtes alcoolique ou quoi ?

— J'aime boire une bière de temps en temps, voilà tout.

— On n'en a pas », lui répond sèchement Rube.

Il n'est pas particulièrement fier de m'avoir assommé, je peux vous le dire. Je me rappelle ce qu'il a dit : *Il n'y a que moi, toi, maman, papa, Steve et Sarah qui comptent dans ma vie.*

Perry décide de reparler business, et ce qu'il nous annonce est proprement stupéfiant :

« Je vous engage tous les deux. »

Surpris, Rube renifle et se gratte le nez.

Perry poursuit en le regardant :

« Toi... » Il sourit. « Tu sais te battre, ça ne fait aucun doute. » Puis il tourne la tête vers moi. « Et toi, tu es courageux... Les spectateurs lancent de l'argent sur le ring s'ils estiment qu'un boxeur a fait preuve de courage et de ténacité. Tu t'appelles Cameron, c'est ça ?

— Ouais.

— Eh bien, tu es courageux, ça crève les yeux. »

Malgré moi, je souris. Les mecs comme Perry sont vraiment terribles. Vous avez beau les détester, ils réussissent à vous faire sourire.

« Alors voilà comment ça va se passer, reprend-il en observant Rube. Tu vas gagner des combats et tu vas devenir populaire parce que tu es jeune, rapide, et que tu as une gueule bizarre mais une bonne gueule quand même. »

Je me tourne moi aussi vers mon frère. J'étudie son visage, et je me dis que c'est vrai. Il est beau, mais d'une étrange manière. D'une manière âpre, rugueuse, brutale. C'est une beauté qui n'en fait qu'à sa tête et qui est comme autour de lui, pas sur lui. Un sentiment diffus. Une sorte d'aura.

Puis Perry s'adresse à moi :

« Et toi, tu vas probablement te faire démolir mais si tu encaisses bien et que tu restes loin des cordes, tu te feras environ vingt dollars de pourboire, parce que les gens verront bien que tu es courageux.

— Merci.

— Il n'y a pas de quoi. Ce sont les faits, ni plus

ni moins. » Perry semble vouloir en finir. « Bon, vous acceptez, oui ou non ?

— Je ne sais pas trop pour mon frère, dit prudemment Ruben. Il peut encaisser les coups quand on se bat tous les deux dans le jardin mais ce n'est pas comme se faire démolir chaque semaine par un type qui veut vraiment le tuer.

— Il se battra contre un type différent chaque semaine.

— Qu'est-ce que ça change ?

— La plupart de nos gars sont de bons boxeurs mais certains sont très moyens. Ils font ça uniquement pour l'argent. » Il hausse les épaules. « On ne sait jamais. Le môme peut gagner quelques combats.

— Quels sont les autres dangers ?

— En général ?

— Oui.

— Eh bien, voyons... Il y a pas mal de durs à cuire qui assistent aux combats. Si tu refuses de te battre, ils peuvent te buter. Ces mêmes mecs viennent avec des jolies filles et si tu les touches, ils peuvent aussi te buter. L'an dernier, des flics ont failli faire une descente dans une ancienne usine qu'on utilisait à Petersham. Si jamais ils te chopent, t'es mort. Alors t'as intérêt à courir vite. » Perry semble content de lui, surtout en nous annonçant ceci : « Mais le plus gros danger, c'est si tu me plantes. Si tu fais ça, j'aurai ta peau, et c'est pire que tout le reste.

— OK.

— Tu veux y réfléchir ?

— Ouais.

— Et toi ? me demande-t-il.

— Pareil.

— D'accord, dit-il avant de se lever et de nous tendre une carte écornée sur laquelle est inscrit son numéro de téléphone. Je vous donne quatre jours. Appelez-moi lundi soir à dix-neuf heures précises. Je serai chez moi. »

Rube a encore deux questions.

La première : « Et si on s'engage et que l'on veut s'arrêter par la suite ?

— Jusqu'au mois d'août, vous devrez me prévenir deux semaines à l'avance ou trouver un remplaçant. C'est tout. Les mecs arrêtent souvent parce que c'est dur. Je comprends tout à fait. Deux semaines de préavis ou les noms de trois types qui savent se battre. Ça se trouve facilement. Personne n'est irremplaçable. Par contre, si vous êtes encore là au mois d'août, vous devrez finir la saison et participer aux demi-finales de septembre. On organise alors une compétition avec des finales et encore plus d'argent à la clé. »

La seconde question : « Dans quelle catégorie on se battra ?

— Vous serez tous les deux dans les poids légers. »

Ce qui soulève en moi une interrogation :

« Est-il possible que l'on se batte l'un contre l'autre ?

— C'est possible mais peu probable. De temps en temps, les membres d'une même équipe sont amenés à se rencontrer. Ça vous pose un problème ?

— Non, pas vraiment, répond Rube.

— Moi non plus.

— Alors pourquoi as-tu posé la question ?

— Par curiosité.

— D'autres questions ? »

On réfléchit.

« Non.

— Bien, dit Perry en sortant. N'oubliez pas, vous avez quatre jours. Appelez-moi lundi à dix-neuf heures pour me dire si c'est oui ou non. J'apprécierai pas trop si vous ne m'appelez pas… et je ne suis pas le genre de mec qu'on aime avoir sur le dos.

— Entendu. »

Puis il s'en va.

On le regarde monter dans sa voiture. C'est une vieille Holden, en bon état, et elle doit valoir un bon paquet. Il doit gagner pas mal d'argent pour posséder un van *et* cette voiture. De l'argent gagné sur le dos de désespérés dans notre genre.

Une fois rentré, on joue un peu avec Miffy en lui donnant du gras de bacon. On ne parle pas. On ne dit rien. Pas encore. Miffy roule sur le dos et on lui caresse le ventre. Je vais dans notre chambre pour tenter de découvrir une bonne fois pour toutes ce qui pue. Je crains que ça ne soit pas joli joli.

« Oui, je suis réveillé.

— Comment tu savais que j'allais te le demander ?

— Parce que tu le fais tous les soirs.

— Tu sais, j'ai trouvé ce qui puait.

— Et alors ?

— Tu te rappelles quand on a récupéré les oignons ?

— Quoi ? Ceux que mon pote a volés ? À noël dernier.

— Ouais.

— C'était il y a six mois !

— Quelques oignons ont dû tomber du filet. Je les ai retrouvés sous mon lit, dans le coin. Ils étaient complètement pourris.

— Oh, merde !

— Tu peux le dire.

— Je les ai jetés dans le fumier, près de la clôture.

— Voilà une bonne idée.

— Je voulais te les montrer mais ça puait tellement que j'ai couru les jeter.

— Voilà une idée encore meilleure. J'étais où ?

— À côté, tu ramenais Miffy.

— Ah ouais. »

Changement de sujet :

« Tu y penses ? je demande. J'veux dire à Perry ?

— Ouais.

— Tu crois qu'on peut le faire ?

— C'est difficile à dire.

— Ça semble...

— Quoi ?

— Ben tu sais... ça fait un peu peur.

— Mais c'est une chance. »

... Oui, mais une chance de quoi ? Notre chambre semble particulièrement sombre ce soir. Très sombre. J'y pense encore. Une chance de quoi ?

5

On est vendredi soir et on regarde *La Roue de la fortune.* On ne regarde pas souvent la télé parce qu'en général, soit on se bat, soit on fait un truc stupide dans le jardin, soit on squatte devant la maison. En plus, on déteste la plupart des conneries qui passent. Le seul intérêt de la télé, c'est que parfois, ça vous donne des idées géniales. En voici certaines qui nous sont venues au beau milieu d'un programme télé :

Essayer de dévaliser un dentiste.

Poser la table basse sur le divan pour pouvoir jouer au foot dans le salon avec une paire de chaussettes roulées en boule.

Nous rendre pour la première fois aux courses de chiens.

Vendre quinze dollars le vieux sèche-cheveux de Sarah à l'un de nos voisins.

Vendre le magnétocassette cassé de Ruben à un type dans la rue.

Vendre la télé.

Évidemment, on n'a jamais pu mettre en pratique *toutes* ces idées.

L'histoire du dentiste a été un désastre (on a renoncé, bien sûr). Le match de foot avec les chaussettes s'est mal terminé : Sarah est entrée dans le salon juste à ce moment-là et elle a reçu un coup de coude sur la lèvre (je jure que c'était le coude de Ruben, pas le mien). On a bien aimé la course de chiens (même si on est revenus avec douze dollars de moins qu'en y allant). Les voisins ont jeté le sèche-cheveux par-dessus la clôture avec un mot disant *Rendez-nous nos quinze dollars sinon on vous tue, bande de salauds* (on a rendu l'argent le lendemain). On n'a jamais retrouvé le magnétocassette (et de toute façon, le type dans la rue était fauché, si bien qu'on n'aurait pas pu le vendre très cher). Enfin, il nous a été absolument impossible de vendre la télé, même si j'ai réussi à trouver pas moins de onze bonnes raisons de nous en débarrasser. Les voici :

1. Dans quatre-vingt-dix-neuf pour cent des émissions, les bons gagnent toujours à la fin, ce qui est parfaitement faux. J'veux dire, il faut regarder la réalité en face. Dans la vraie vie, ce sont les salauds qui gagnent. Ce sont eux qui ont tout le fric, toutes les filles, etc. 2. Quand il y a une scène de sexe, tout se passe merveilleusement bien alors que, franchement, les protagonistes devraient être comme moi : morts de trouille. 3. Il y a des milliers et des milliers de publicités. 4. Le volume de ces publicités est toujours plus fort que le reste. 5. Les infos sont systématiquement déprimantes. 6. Tout le monde est beau. 7. Les meilleures émissions sont toutes supprimées. Par exemple, *Exposition au nord.* Vous en avez entendu parler ? Non ? Normal... elle est passée à la trappe il y a des années. 8. Toutes les chaînes appartiennent à des milliardaires. 9. Et ces milliardaires ont aussi des femmes superbes. 10. De toute façon, on a des problèmes de réception dans le quartier. 11. Ils n'arrêtent pas de rediffuser une émission qui s'appelle *Gladiators.*

Alors qu'on végète devant la télé, il s'agit donc maintenant de trouver l'idée géniale du jour. Mais ce qui nous préoccupe davantage, c'est de conclure notre discussion d'hier soir. Rube remet le sujet sur le tapis. Il commence avec un « Eh ».

« Eh, dit-il.

— Ouais ?
— Qu'est-ce que tu en penses ?
— De quoi ?
— Tu sais bien : de Perry.
— On a besoin de l'argent.
— Je sais, mais papa et maman refuseront qu'on les aide à payer les factures.
— C'est sûr mais on pourra faire des économies... en payant notre nourriture et d'autres trucs. Ça sera toujours ça de moins pour eux à débourser.
— Ouais, j'imagine. »
Puis Rube finit par le dire.
C'est décidé.
Conclu.
Définitif.
Il prononce les mots :
« On va le faire. »
Je réponds :
« D'accord. »
Seulement, on sait bien qu'on ne payera pas notre nourriture. On n'en a aucunement l'intention. On fait ça pour une raison difficile à expliquer. Comme s'il y avait en nous quelque chose qui nous poussait à agir.

Maintenant, il nous faut attendre lundi pour appeler Perry, mais déjà, on doit réfléchir à tout. Aux poings des autres types. Au danger. À notre survie. À ce qui se passerait si papa et maman découvraient le pot aux roses... Nous entrons dans un nouvel univers et nous devons trouver nos repères. Notre décision est prise et il n'est plus question de changer d'avis. Cette décision, on l'a prise devant la télé, et on doit tenter le coup. Si on réussit, tant mieux. Si on échoue, ce ne sera pas nouveau.

Et Rube réfléchit intensément à tout ça, je peux vous l'affirmer.

Moi, j'essaye de ne pas y penser.

Je tente donc de me concentrer sur les superbes jambes de la fille de *La Roue de la fortune.* Quand elle fait pivoter les lettres, je peux en voir davantage, juste avant qu'elle ne se retourne et me sourie. Elle a un joli sourire et, durant un quart de seconde, j'oublie. J'oublie Perry Cole et les coups de poing à venir. Et je me demande : *Est-ce que l'on passe plus de temps à essayer de se rappeler ou à tenter d'oublier les choses ? Est-ce que l'on passe plus de temps à vivre ou à fuir nos vies ?* Je n'en sais rien.

« Tu es pour qui ? demande Ruben, m'interrompant dans mes pensées.

— Je ne sais pas.

— Alors ?

— Bon, je choisis l'abruti qui est au milieu, là. »

Je lui montre du doigt.

« C'est un spectateur, espèce d'idiot.

— Ah ouais ? Alors je choisis la blonde sur le côté. Elle est mignonne.

— Moi, je choisis le mec de l'autre côté. Celui qui a l'air de s'être évadé de prison. Sa veste est vraiment affreuse. La honte. »

À la fin, c'est l'évadé de prison qui gagne. Il remporte un aspirateur et il a déjà gagné un voyage pour la Grande Muraille de Chine, hier apparemment. Pas mal. Je parle du voyage, bien sûr. Au superbanco, il rate une espèce de lit pilotable par télécommande. Franchement, on continue à regarder uniquement à cause de la fille qui fait pivoter les lettres. J'aime ses jambes et Rube aussi.

On regarde.

On oublie.

On sait.

On sait que lundi on téléphonera à Perry pour lui dire qu'on est partants.

« On ferait mieux de commencer à s'entraîner dès maintenant, dis-je à Rube.

— T'as raison. »

Maman rentre à la maison. On ignore où est papa.

Maman sort vider la poubelle sur le tas de fumier.

« Il y a quelque chose qui pue dans le fond du jardin, près de la clôture, dit-elle en revenant. L'un de vous deux a-t-il une idée de ce que c'est ? »

On se regarde.

« Non.

— Vous en êtes sûrs ?

— Eh bien, dis-je, craquant sous la pression, ce sont quelques oignons qui se trouvaient dans notre chambre et qu'on a complètement oubliés. C'est tout. »

Maman n'est pas surprise. Elle ne s'étonne d'ailleurs plus de rien. Elle doit se dire qu'on est idiots et qu'elle ne peut rien y faire. Pourtant, elle pose la question :

« Et que faisaient ces oignons dans votre chambre ? »

Mais elle sort de la pièce sans attendre la réponse. Visiblement, elle n'a pas réellement envie de savoir.

Quand papa arrive, on ne lui demande pas où il était.

Puis Steve est de retour lui aussi et nous surprend en disant :

« Comment ça va, les mecs ?

— Bien, et toi ?

— Ça va. »

Mais il continue pourtant à regarder papa avec mépris, souhaitant toujours qu'il aille toucher le chômage. Il se change et sort peu de temps après.

Sarah fait son entrée en mangeant un esquimau à la banane. Elle nous sourit et nous offre une bouchée à chacun. On ne lui a rien demandé mais elle sait. Elle a bien vu que la glace nous faisait saliver.

Le lendemain, Rube et moi, on commence l'entraînement.

On se réveille tôt et on court. Il fait encore nuit quand le réveil sonne et il nous faut une minute ou deux pour sortir du lit. Mais une fois dehors, ça va. On court ensemble vêtus de pantalons de jogging et de vieux gilets de football. La ville se réveille sous une brume glaciale et nos battements de cœur retentissent le long des rues. Nous sommes vivants. La lumière s'avance vers nous à travers les immeubles. La voie ferrée est glissante sous nos pieds et la pelouse de Belmore Park encore recouverte de rosée. Nos mains sont gelées. Nos veines sont chaudes. Nos gorges aspirent le souffle froid de la ville et j'imagine des gens encore en train de rêver dans leur lit. Je me sens bien. J'aime cette ville. J'aime ce monde avec ces deux chiens fous qui le traversent en courant, en quête d'une nouvelle proie. La pourchassant. La chassant avec ardeur, alors même qu'ils la redoutent. Mais courant quand même.

« Rube, t'es réveillé ?

— Ouais.

— Putain, j'ai mal partout. Courir comme ça, ça te fout les jambes en l'air.

— Je sais, moi aussi j'ai mal aux jambes.

— Mais c'était super.

— Ouais, génial.

— J'ai ressenti un truc bizarre. Comme si on avait finalement trouvé quelque chose. Quelque chose qui nous donne... ah, j'sais pas comment dire ça.

— Un but.

— Quoi ?

— Un but, répète Ruben. On a finalement trouvé une raison d'être ici. Une raison pour courir dans la rue. On n'est plus dehors à traîner.

— Oui, c'est ça. C'est exactement ce que j'ai ressenti.

— Je sais.

— N'empêche, j'ai mal partout.

— Moi aussi.

— On court quand même demain matin ?

— Évidemment.

— Super. »

Et dans l'obscurité de notre chambre, un sourire se dessine sur mes lèvres. Je le sens.

6

« Bordel de merde. »

La ligne téléphonique a été coupée parce que nous n'avons pas l'argent pour payer la facture. Ou pour être plus précis, parce que papa et maman n'ont pas l'argent pour la régler. Steve et Sarah pourraient tout à fait payer, mais c'est impossible. Ce n'est pas permis. Même pas envisagé.

« Si c'est comme ça, dit Steve en traversant la cuisine à toute vitesse, je déménage dès que possible.

— Ils ne pourront plus compter sur ta pension, lui dit Sarah.

— Et alors ? S'ils veulent souffrir, ils n'ont pas besoin de moi comme spectateur. »

Ce qui est vrai.

Mais il est aussi vrai que l'on est lundi et qu'il n'est pas loin de dix-neuf heures.

« Oh, merde ! » dis-je en m'adressant à Rube.

Il est en train de se réchauffer les mains au-dessus du grille-pain. Notre idée d'appeler Perry en utilisant le téléphone de la chambre de Sarah tombe à l'eau.

« Eh, Rube ?

— Quoi ? répond-il alors que le toast saute de l'appareil.

— Le téléphone. »

Il comprend enfin.

« Il fallait s'y attendre. Je me demande à quoi sert cette maison ! »

Et il en oublie son toast.

On va dans la maison d'à côté avec le numéro de Perry mais il n'y a personne.

Puis on va de l'autre côté. Idem.

Rube se précipite dans notre maison. Il pique quarante cents dans le portefeuille de Steve et on s'en va. Il est dix-huit heures cinquante.

« Tu sais où est-ce qu'il y a une cabine ? » me demande Rube entre deux foulées.

On sprinte presque, à présent.

« Fais-moi confiance », dis-je d'une voix haletante.

Je connais bien les cabines du quartier.

J'en flaire une et on finit par la trouver à moitié cachée dans une petite rue obscure.

Il est pile dix-neuf heures quand on appelle.

« T'es en retard, dit immédiatement Perry. J'aime pas trop qu'on me fasse attendre.

— Calmez-vous, répond Rube. Notre ligne a été coupée et on vient de faire trois kilomètres en courant pour trouver une cabine. En plus, ma montre indique dix-neuf heures pile.

— OK. C'est ta respiration que j'entends comme ça ?

— Je viens de vous le dire, on vient de faire...

— D'accord. » Puis il en vient aux faits. « Alors, vous êtes partants, oui ou non ? »

Rube.

Moi.

Le cœur qui bat.

Le souffle.

Le cœur qui bat.

La voix.

« Oui.

— Tous les deux ? »

Un hochement de tête.

« Ouais », dit Rube et on peut sentir Perry sourire à l'autre bout du fil.

« Très bien, dit-il. Maintenant, écoutez-moi. Vos premiers combats n'auront pas lieu cette semaine mais dans quinze jours, à Maroubra. On doit d'abord mettre au point quelques petites choses. Par exemple, il vous faut des noms. Et puis des gants. On doit discuter de tout cela. Je peux passer chez vous ou vous préférez qu'on se voie autre part ?

— Dans le centre, propose Rube. Notre père risque d'être à la maison et ce n'est pas l'idéal.

— D'accord. Demain, à seize heures, dans Eddy Avenue.

— Au bout de la rue ?

— Parfait. »

Le marché est conclu.

« Bienvenue », conclut Perry avant de raccrocher.

On a accepté.

On a accepté et c'est définitif.

C'est définitif parce que si on renonce maintenant, on finira probablement dans le port, au fond de l'eau. Près de l'endroit où l'on déverse le pétrole, dans des sacs poubelle. Bon, j'exagère bien sûr, mais qui sait ? Qui sait dans quel monde trouble on vient d'entrer ? Ce qui est sûr, c'est qu'on va pouvoir gagner de l'argent et un peu de dignité.

Sur le chemin du retour, j'ai l'impression que la

ville est en train de nous engloutir. L'adrénaline court encore dans nos veines. L'électricité statique irradie nos corps jusqu'au bout de nos doigts. Ça nous arrive de courir le matin, mais la ville est différente à ce moment-là, remplie d'espoir et des rayons du soleil hivernal. Le soir, tout semble mourir et attendre le lendemain pour renaître. Tandis que nous marchons, j'aperçois un étourneau mort près d'une bouteille de bière jetée dans le caniveau. Tous les deux sont sans âme et imposent le silence. On avance dans la ville, regardant les gens qui nous regardent, ignorant ceux qui nous ignorent. Et Rube grogne à l'adresse de ceux qui essaient de nous faire dévier de notre route. Nos yeux sont grands ouverts. Nos oreilles détectent le moindre bruit. Nous ressentons l'impact de la circulation et des êtres humains. Les voitures et les êtres humains, qui vont et qui viennent. Nous goûtons l'instant, nous le savourons. Nous sentons nos nerfs se contracter dans nos ventres. À fleur de peau.

Le lendemain, quand les rayons du soleil fendent l'horizon, cela fait déjà un moment que l'on court. Tandis qu'on avance, Rube me parle. Il veut un sac de sable. Il veut une corde à sauter. Il veut qu'on accélère et il veut une autre paire de gants pour qu'on puisse s'entraîner dans des conditions normales. Il veut des casques de protection pour qu'on ne se tue pas en s'entraînant.

Il veut… il en veut.

Il court et il y a de la détermination dans ses foulées, de l'avidité dans son regard, du désir dans sa voix. Je ne l'ai jamais vu dans cet état. Il semble désirer violemment être quelqu'un et se battre pour le devenir.

Quand on rentre, la lumière lui éclabousse le visage.

« On va le faire, Cam, dit-il d'un ton sérieux et solennel. On va y aller et, pour une fois, on va gagner. On n'arrêtera pas avant d'avoir gagné. »

Il s'appuie contre le portail, s'agenouille et enfouit son visage contre la clôture, les doigts accrochés au fil de fer. Puis il relève la tête vers moi. Ça me fiche un coup. J'aperçois une larme se former dans le coin de son œil. Elle coule sur sa joue et sa voix est comme étouffée par son désir.

« On ne peut pas accepter de rester ce qu'on est. Il faut qu'on s'en sorte. Qu'on… j'veux dire, regarde maman. Elle est en train de se tuer. Papa est au plus bas. Steve est sur le point de partir. Et Sarah se fait traiter de pute. »

Il empoigne le fil de fer et parle avec les dents serrées.

« Maintenant, c'est à nous de faire quelque chose.

Il faut qu'on y arrive. On doit retrouver notre putain de dignité.

— Mais tu crois que c'est possible ?

— On doit le faire et on va le faire. »

Il se lève et m'attrape par le col.

« Je suis Ruben Wolfe, dit-il avec force en me lançant les mots à la figure. Et tu es Cameron Wolfe. Il faut que cela commence à signifier quelque chose. Il faut qu'on se secoue. Il faut que ce nom nous donne envie d'être respecté. Je ne veux plus qu'on soit ces deux mecs qui ne valent rien. Hors de question. On va sortir de là. On va ramper, gémir et boxer. On va aboyer et mordre tous ceux qui se mettront en travers de notre route ou qui essaieront de nous chasser. D'accord ?

— OK, dis-je avec un hochement de tête.

— Super. »

Rube appuie son avant-bras sur mon épaule et on observe la rue nimbée de lumière et les voitures qui brillent. Je suis un peu gêné mais j'ai le sentiment que l'on est ensemble pour faire face à tout ce qui pourra nous tomber dessus. Et pendant un moment, je reste stupéfait en réalisant que Ruben a grandi alors qu'il n'a qu'un an de plus que moi. Je suis bouleversé de voir une telle volonté et en même temps une telle souffrance.

« Si on échoue, on ne pourra s'en prendre qu'à *nous* », déclare-t-il finalement.

Peu de temps après, on entre dans la maison. On sait tous les deux qu'il a raison. Nous serons les seuls à blâmer parce qu'on ne peut compter que sur nous. On en a conscience, et cette idée nous accompagnera toujours, tous les jours, à chaque battement de cœur. On mange notre petit déjeuner mais nous ne sommes pas rassasiés. Notre appétit ne fait que grandir.

Il est encore plus gros quand on retrouve Perry devant le parc d'Eddy Avenue, à l'endroit qu'il nous a indiqué. Il est juste seize heures.

« Salut, les mecs, dit Perry qui porte une petite valise.

— Salut.

— Salut, Perry. »

On marche vers un banc qui se trouve au milieu du parc. Il a été saccagé par les pigeons et ce n'est vraiment pas l'endroit idéal pour s'asseoir. Mais c'est toujours mieux que les autres bancs que les oiseaux semblent considérer comme des toilettes publiques.

« Regardez l'état de cet endroit », dit Perry avec un petit air satisfait.

Il est du genre à aimer s'installer dans un parc miteux pour parler affaires.

« C'est scandaleux », ajoute-t-il alors que son petit air satisfait s'est transformé en un large sourire.

C'est un sourire à la fois diabolique, amical et gai, un mélange dévastateur. Il porte un sweat-shirt, un jean, des vieilles bottes et, bien sûr, il arbore son petit air vicieux. Il cherche sur la table un endroit où poser sa valise mais se ravise et la pose par terre.

S'ensuit un long silence.

Un vieil homme vient nous demander de l'argent.

Perry lui donne quelques pièces mais, avant cela, il pose une question au pauvre type.

« Dis-moi, mon pote, tu sais quelle est la capitale de la Suisse ?

— Berne, répond le vieil homme après un instant de réflexion.

— Très bien, mais je vais t'apprendre autre chose. » À nouveau son sourire. Quel horreur ! « Autrefois, en Suisse, ils ont rassemblé tous les gitans, les putes et les clodos dans ton genre, et ils les ont tous expulsés. Ils se sont débarrassés de toutes les ordures qui polluaient leur pays.

— Et alors ?

— Alors t'as de la chance, tu trouves pas ? Non seulement tu as le droit de rester dans notre beau pays mais tu vis de la charité de gens comme moi ou de mes collègues ici présents.

— Ils ne m'ont rien donné. »

On a dépensé tout notre fric l'autre jour aux courses de chiens.

« C'est vrai, mais ils ne t'ont pas jeté dans le Pacifique non plus, pas vrai ? » Encore son affreux sourire. « Ils ne t'ont pas poussé dans l'eau en te disant de nager. Comme ils auraient dû le faire, ajoute-t-il pour enfoncer le clou.

— Vous êtes complètement dingue, dit le poivrot en s'en allant.

— Bien sûr que je suis dingue ! lui crie Perry. Je viens de te donner un dollar sur mon salaire durement gagné ! »

Ben voyons, me dis-je. *De l'argent facilement gagné sur le dos des boxeurs, oui !*

Le vieil homme est déjà en train de mendier auprès d'autres personnes, un couple au look grunge avec des vêtements noirs et des cheveux violets. Ils ont des anneaux partout sur leurs visages et des Doc Marten's aux pieds.

« C'est lui qui devrait leur donner une pièce », fait observer Rube en riant.

Il n'a pas tort et j'observe le vieil homme tandis qu'il s'attarde à côté du couple. Il vit à présent de la petite monnaie que les gens gardent dans leur poche. C'est triste.

C'est triste mais Perry a déjà tout oublié du vieux

clochard. Il s'est bien amusé et, à présent, il veut parler affaires.

« OK. » Il pointe le doigt vers moi. « On va d'abord s'occuper de toi. Voici tes gants et ton short. J'ai pensé à des chaussures mais tu n'en auras pas. Ton frère non plus. Ça n'en vaut pas la peine parce que je ne sais pas combien de temps vous allez tenir le coup. Je vous en procurerai peut-être plus tard mais, pour commencer, vous utiliserez vos baskets.

— D'accord. »

Je prends mes gants et mon short. C'est pas du haut de gamme mais ils me plaisent vachement. Des gants rouges et un short bleu marine.

« À présent... », reprend Perry en allumant une cigarette et en sortant de sa valise une bière chaude.

De la fumée et des canettes de bière. Je déteste ça mais je continue à l'écouter.

« Il faut qu'on te trouve un nom pour te présenter à la foule avant les combats, poursuit-il. Des idées ?

— Le Chien de Garde ? » suggère Rube.

Je secoue la tête.

Je réfléchis.

Ça me vient tout d'un coup.

Je souris.

Je sais. Je hoche la tête. Je le dis :

« Le Chien-Battu. »

Je continue à sourire tandis que le visage de Perry s'éclaire. Je regarde les vieux mendiants, les types louches et les pigeons qui creusent le sol à la recherche de nourriture.

Le visage de Perry s'éclaire bel et bien derrière la fumée de sa cigarette, et il dit :

« C'est chouette. J'aime bien. C'est le genre de nom qui attire les gens et même si tu perds, ils te jetteront des pièces. » Il se met à rire. « C'est plus que bien. C'est parfait. »

Mais Perry n'a pas de temps à perdre.

« Et maintenant, à toi, dit-il en s'adressant à Ruben. J'ai tout réglé. Voici tes gants et ton short. »

Des gants gris-bleu. Bon marché. Sans lacets. Exactement comme les miens. Son short est noir avec des bandes dorées sur les côtés. Plus joli que le mien.

« Tu veux savoir quel est ton nom ?

— Je n'ai pas le choix ?

— Non.

— Pourquoi ?

— Parce que j'ai tout arrangé. Et je vais te dire autre chose, tu le découvriras lors de ton premier combat, d'accord ?

— Mouais.

— Dis oui, ordonne Perry avec autorité.

— Oui.

— Et dis merci, parce quand je t'aurai lancé, les

filles vont tomber autour de toi comme des dominos. »

Des dominos.

Quel connard !

Rube lui obéit :

« Merci.

— OK. »

Perry se lève et s'en va avec sa valise.

Puis il se retourne et déclare :

« Les mecs, je vous rappelle que vos premiers combats auront lieu dimanche prochain à Maroubra. Je vous emmènerai là-bas dans mon van. Rendez-vous dans Eddy Avenue à quinze heures pile. Me faites pas attendre sinon un bus va me rentrer dedans et, après, c'est moi qui vais vous rentrer dedans. Compris ? »

On hoche la tête.

Il s'éloigne.

« Merci pour les affaires ! » je crie, mais Perry ne se retourne pas.

On reste assis.

Des gants.

Des shorts.

Le parc.

La ville.

L'envie.

Nous.

« Merde ! »

— Quoi, Rube ?

— J'y ai pensé toute la journée et j'ai oublié.

— Quoi ?

— Je voulais demander à Perry s'il pouvait nous dégoter un sac de sable et d'autres accessoires pour l'entraînement.

— Tu n'as pas besoin d'un sac de sable.

— Pourquoi ?

— Parce que tu peux t'entraîner avec moi.

— Ouais, c'est vrai.

— C'est pas une obligation.

— Mais ça me va. »

Un long silence...

« T'as peur, Rube ?

— Non. Avant oui mais plus maintenant. Et toi ?

— Oui. »

Inutile de mentir. J'ai une trouille pas possible. Une peur bleue. Une peur panique. Une peur mortelle. Oui, ça ne fait aucun doute.

J'ai peur.

7

Le temps a passé vite et nous sommes déjà dimanche matin, le jour du combat. Et il faut absolument que j'entre dans la salle de bains. J'ai la chiasse, vous comprenez. On s'est entraînés comme des forcenés cette semaine. On a couru, on a fait des pompes, des abdos, la totale. On a même fait de la corde à sauter avec la laisse de Miffy. Tous les après-midi, on a combattu avec un gant chacun mais on a aussi disputé de vrais matchs avec notre nouvel équipement. Rube n'arrête pas de répéter qu'on est prêts. Mais moi, il faut quand même que j'aille aux toilettes. Et tout de suite.

« Qui est là-dedans ? je hurle derrière la porte. J'en peux plus. »

Une voix me répond sur le même ton :

« C'est moi. »

Moi, c'est-à-dire papa. Moi, c'est-à-dire le type qui peut encore botter les fesses de son fils même s'il est au chômage.

« J'en ai pour deux minutes. »

Deux minutes !

Comment vais-je survivre ?

Quand il sort finalement, je m'apprête à m'effondrer sur le siège des W-C, mais je ne vais pas plus loin que le pas de la porte. « Pourquoi ? » allez-vous me demander. Je vais vous le dire. Si vous avez l'occasion de passer chez nous aujourd'hui, vous aurez l'occasion de renifler la pire odeur que vous avez jamais sentie. Une odeur à vous faire tourner de l'œil. Un truc vraiment corrosif.

J'inspire et je m'étouffe. J'inspire encore et je me retourne avant de partir en courant. Et tout en m'étouffant, je me mets à rire aux éclats.

« Qu'est-ce qu'il y a ? demande Rube quand j'entre dans notre chambre.

— Oh, mec !

— Quoi ?

— Viens », lui-dis-je en le conduisant jusqu'à la salle de bains.

L'odeur me frappe à nouveau.

Elle s'immisce dans les narines de Rube.

« Pouah ! »

C'est tout ce qu'il dit dans un premier temps.

« Ça pue, hein ?

— Ben, c'est pas très réjouissant, admet Rube. Qu'est-ce que papa a mangé ?

— Aucune idée, dis-je. Tout ce que je sais, c'est que c'est l'horreur absolue !

— Tu peux le dire, acquiesce-t-il en s'éloignant. C'est terrible. C'est l'odeur d'un gremlin, d'un monstre... »

Les mots lui manquent.

Je prends mon courage à deux mains et je dis :

« J'y vais.

— Pourquoi ?

— Parce que j'en peux plus !

— OK, bonne chance.

— Je vais en avoir besoin. »

Et j'en ai encore plus besoin par la suite car tandis qu'on attend Perry dans Eddy Avenue, je suis sur les nerfs. La peur et le doute me rongent l'estomac. J'ai l'impression de saigner à l'intérieur, mais ce n'est que la trouille, je le sais. Rube, lui, est assis les jambes allongées, les mains posées sur les cuisses. Poussés par le vent, ses cheveux balaient son visage.

Un léger sourire se forme sur ses lèvres. Puis il ouvre la bouche :

« Le voilà, dit-il. Allons-y. »

Le van s'arrête. Rien de plus qu'un vieux tas de ferraille. Un combi. Il y a déjà quatre mecs à l'intérieur. On entre par la porte coulissante.

« Content que vous soyez là », dit Perry en nous souriant dans le rétroviseur.

Aujourd'hui, il porte une veste rouge vif qui en jette. Sympa.

« J'ai dû annuler mon récital de violon, lui dit Rube, mais on a réussi à venir. »

Il s'assied et un type immense referme la porte. Son nom est Bumper. Le type maigre installé à côté de lui s'appelle Leaf. Puis il y a Erroll, un mec un peu grassouillet, et Ben, le seul qui a l'air normal. Ils sont tous plus âgés que moi. Ils portent tous des cicatrices, on dirait des rescapés. C'est très intimidant.

« Voici Rube et Cameron, nous présente Perry.

— Salut. »

Silence.

Des regards durs.

Des nez cassés.

Des dents qui manquent.

Mal à l'aise, je regarde Rube. Il me répond en serrant l'un de ses poings, comme pour dire : « Reste vigilant. »

S'ensuivent de longues minutes silencieuses. Je reste vigilant. On avance. Je suis à cran. J'essaye de me concentrer tout en espérant que ce voyage ne s'arrêtera jamais, qu'on arrivera jamais là-bas...

On s'arrête devant l'usine située juste derrière Maroubra. Il fait froid et des bourrasques salées fouettent nos visages.

Plein de types traînent aux alentours.

L'air est chargé d'un parfum de sauvagerie. Cet air s'introduit violemment dans mes narines, mais je ne saigne pas. C'est la peur qui me tenaille et s'écoule de mon nez. Je l'essuie rapidement.

« Amène-toi, dit Rube qui m'entraîne avec lui. C'est par là, à moins que tu veuilles rester avec les caïds du coin ?

— Non merci. »

À l'intérieur, Perry nous conduit dans une petite pièce puis dans une chambre froide où des cochons congelés sont accrochés au plafond. On dirait des pendus. C'est affreux. Je les observe un moment, suffocant presque en imaginant de la viande fraîche sortant de ma gorge.

« C'est exactement comme à Balboa, je murmure à Rube. Tu sais, la viande qui pend.

— Ouais. »

Il sait de quoi je parle.

Je me demande alors ce que l'on fait ici. Les autres types attendent en fumant ou en buvant de l'alcool pour se détendre et atténuer leur peur. Ça ralentit la vitesse des coups mais ça renforce le courage. Le type imposant, Bumper, semble s'amuser de me voir trembler et me fait un clin d'œil.

Il est tranquillement assis, l'air détendu, et me parle d'un ton détaché :

« Le premier combat est toujours le plus difficile. » Un sourire. « Ne cherche pas à gagner. Tâche d'abord de survivre, tu verras ensuite. Compris ? »

Je hoche simplement la tête. Rube prend la parole.

« T'en fais pas, mec. Mon frère sait comment se relever.

— Très bien, répond Bumper sans ironie. Et toi ?

— Moi ? » répète Rube en souriant.

Il est sûr de lui et n'a pas peur. Tout du moins en apparence.

« Je n'aurai pas besoin de me relever », se contente-t-il de dire.

Et le truc dingue, c'est qu'il le sait. Bumper le sait. Et moi aussi, je le sais. Ça se sent. C'est un peu comme ce type dans *Apocalypse Now.* On a vraiment l'impression qu'il est immortel. Il semble n'éprouver aucune peur et ne même pas envisager la mort tellement il aime la guerre et le pouvoir. Et Rube lui ressemble de manière troublante. Il va sortir de là avec un sourire aux lèvres et cinquante dollars en poche. C'est aussi simple que ça. Il n'y a rien de plus à dire.

Puis d'autres types rentrent dans la pièce.

« Il paraît que tu as des petits nouveaux ? » dit un vieil homme hideux en souriant à Perry.

Son sourire forme comme une tache au milieu de son visage. Il nous examine et pointe le doigt dans notre direction.

« Le petit n'a aucune chance mais l'autre a l'air bien, poursuit-il. Un peu trop mignon, peut-être, mais vraiment pas mal. Il sait se battre ?

— Oui, lui affirme Perry, et le petit a du courage.

— Très bien. » Le vieil homme a une cicatrice sur le menton. « S'il ne tient pas le coup, ça nous fera un petit massacre. Et ça fait des semaines qu'on en a pas eu. (Il me regarde droit dans les yeux.) D'ailleurs, on ferait peut-être mieux de le pendre tout de suite avec les cochons.

— Et si tu partais, le vieux ? dit Rube en s'approchant de l'homme. Sinon c'est toi qu'on va pendre. »

Le vieil homme.

Rube.

Ils se dévisagent un long moment, et le vieux meurt d'envie de coincer Rube contre le mur, je peux vous l'affirmer, mais quelque chose l'en empêche. Il se contente de faire une courte déclaration :

« Les mecs, vous connaissez tous les règles. Match en cinq rounds à moins que vous ne tombiez KO. Ce soir, les spectateurs sont enragés. Ils veulent du sang, alors faites gaffe. J'ai fait venir des types coriaces, et ils sont remontés à bloc, exactement comme vous. À tout à l'heure. »

Une fois qu'il est parti, c'est Perry qui coince Rube contre le mur. Il le met en garde :

« Si tu refais ça, ce mec te tuera. Compris ?

— D'accord.

— Dis oui. »

Rube sourit.

« D'accord, répète-t-il avant de hausser les épaules et de dire : Oui. »

Perry le lâche et réajuste sa veste.

« Bien. »

Ensuite, il nous fait passer par un couloir et nous mène dans une autre pièce. À travers une fente dans la porte, on peut apercevoir le public. Ils sont au moins trois cents, peut-être plus, tous agglutinés dans l'usine vide.

Ils boivent de la bière.

Fument.

Bavardent.

Sourient.

Rient.

Toussent.

Une foule d'abrutis de tous âges. Des fans de surf, de football, des motards, des poivrots, bref, de tout.

Ils portent des blousons, des jeans noirs et de gros manteaux. Certains sont venus avec des filles. Des filles sans cervelle, bien sûr, sinon elles ne seraient pas là. Elles sont plutôt mignonnes, pourtant, avec leurs affreux sourires aguicheurs et leurs bavardages inaudibles. Elles tirent sur leurs cigarettes et recrachent la fumée en parlant. Puis elles jettent leurs mégots, comme elles lâchent leurs paroles, et tout cela finit par terre, écrasés sous leurs pieds ou ceux d'autres spectateurs.

Des paroles.

Rien que des paroles.

Rien que des paroles de blondes, et quand je regarde le ring éclairé et silencieux, je peux facilement imaginer ces femmes en train de pousser des hourras, plus tard, quand je heurterai le sol en toile et que mon visage meurtri saignera.

Oui.

Elles pousseront des hourras.

Tenant une cigarette dans une main,

Et la main chaude et moite d'un voyou dans l'autre.

Je vois ces bouches de blondes remplies de bière et hurlant.

Tout cela et une pièce qui tourne autour de moi.

Et c'est ce qui me fait le plus peur.

« Hé, Rube, qu'est-ce qu'on fait là ?

— Ferme-la.

— J'arrive pas à croire qu'on ait accepté de venir ici.

— Arrête de chuchoter.

— Pourquoi ?

— Parce que si t'arrêtes pas, je vais devoir te frapper.

— Ah ouais ?

— Tu commences à vraiment m'énerver, tu sais ?

— Désolé.

— On est prêts.

— T'en es sûr ?

— Oui. Tu ne le sens pas ? »

Je me le demande.

Tu es prêt, Cameron ?

Encore une fois :

Tu es prêt, Cameron ?

Plus le temps de se poser la question.

C'est marrant de s'apercevoir que le temps semble pouvoir faire plein de choses, pas vrai ? Le temps file, on le perd, et pire que tout, on vient à en manquer.

8

C'est le bruit de ma respiration qui m'énerve, cet air qui ne cesse de pénétrer et ressortir de mes poumons. Perry entre pour me prévenir. C'est l'heure.

« Tu passes en premier », me dit-il.

C'est l'heure et je reste assis emmitouflé dans mon vieux coupe-vent trop grand pour moi. (Rube porte la vieille veste à capuche de Steve.) Je suis tout engourdi. Mes mains, mes doigts, mes pieds. Mais c'est l'heure.

Je me lève.

J'attends.

Perry est retourné près du ring et la prochaine fois

que la porte s'ouvrira, c'est moi qui irai là-bas. Et cela arrive sans que j'aie le temps d'y réfléchir davantage. On ouvre la porte et je sors.

Je sors et me retrouve dans l'arène.

La nervosité me fait frissonner. La peur me submerge. Seuls mes pieds me font avancer.

Puis il y a la foule.

Comme je suis le premier à sortir, elle m'encourage.

Les spectateurs tournent la tête et me regardent avec mon coupe-vent. Je marche parmi eux. La capuche est sortie et me couvre la tête. Ils m'acclament. Ils applaudissent et sifflent, et ce n'est que le début. Ils crient et scandent, oubliant la bière pour un moment. Ils ne la sentent même pas couler dans leurs gorges. Il n'y a plus que moi, et la violence imminente. Je suis le messager. Je suis les mains et les pieds. Je leur apporte cette violence. Je la leur délivre.

« Le Chien-Battu ! »

Perry est au centre du ring et tient un micro.

« Oui, voici Cameron Wolfe, le Chien-Battu ! hurle-t-il dans le micro. Je vous demande de l'applaudir... c'est notre plus jeune boxeur ! Notre plus jeune combattant ! Notre plus jeune lutteur ! Et il se battra jusqu'à la fin, messieurs dames, il se relèvera quoi qu'il arrive ! »

J'ai toujours ma capuche sur la tête bien qu'elle n'ait pas de cordelette, ni quoi que ce soit d'autre pour la maintenir en place. Mon short de boxe est confortable. Mes baskets continuent à avancer à travers la foule dense.

Les spectateurs sont attentifs.

Vigilants.

Impatients.

Ils m'observent, me jaugent. Leurs regards sont d'abord durs, inquisiteurs, puis tout à coup, respectueux.

« Le Chien-Battu », murmurent-ils jusqu'à ce que je monte sur le ring.

Rube est derrière moi. Il sera dans mon coin, de même que je resterai dans le sien.

Respire, je me répète intérieurement.

Je regarde.

Autour de moi.

Je marche.

D'une extrémité du ring à l'autre.

Je m'agenouille.

Dans mon coin.

Une fois là, Rube me fixe un moment. « Fais en sorte de te relever », me dit-on, et je hoche la tête avant de bondir. Je ne porte plus mon coupe-vent. Ma peau est chaude. Mes cheveux rebiquent comme toujours. Les épais cheveux des Wolfe. Je suis prêt maintenant. Prêt à rester debout quoi qu'il arrive. Prêt à croire que j'attends la douleur et que je la désire au point de la rechercher. Et je la traquerai. Je courrai vers elle et de m'y jetterai. Je me dresserai devant elle, terrifié, et la laisserai me battre jusqu'à ce que mon courage tombe en loques. Puis elle me démolira, me mettra à nu et me frappera encore. Du sang jaillira de ma bouche et la douleur l'absorbera, le volera et le dissimulera dans ses entrailles. Elle me mettra à l'épreuve. C'est elle qui m'aidera à tenir debout et je n'en laisserai rien paraître. Je ne dirai pas que je la ressens. Je ne lui donnerai pas cette satisfaction. Non, la douleur devra me tuer pour avoir raison de moi.

C'est ce que je désire en cet instant alors que j'attends sur le ring que les portes s'ouvrent à nouveau. Je veux que la douleur me tue pour ne pas avoir à céder...

« Et maintenant ! »

Je baisse les yeux et fixe le tapis.

« Vous le connaissez tous ! »

Je ferme les yeux et me retiens aux cordes avec mes gants.

« Eh oui ! » C'est l'ignoble vieux qui hurle à présent. « Voici Cagey Carl Ewings ! Cagey Carl ! Cagey Carl ! »

Les portes s'ouvrent brusquement et mon adversaire fait son entrée en courant. La foule se déchaîne complètement. Les spectateurs crient cinq fois plus fort que pour moi.

Cagey Carl.

« Il a l'air d'avoir trente ans ! » je crie à Rube, mais c'est à peine s'il m'entend.

« Ouais, répond-il, mais ce n'est qu'un petit avorton ! »

Peut-être mais le type a l'air plus grand, plus fort et plus rapide que moi. On dirait qu'il a fait une centaine de matchs et qu'il s'est cassé le nez plus de cinquante fois. Surtout, il semble terriblement coriace.

« Dix-neuf ans ! continue le vieux. Vingt-huit combats, vingt-quatre victoires... » Et le meilleur pour la fin : « ... dont vingt-deux par KO. »

« Putain. »

C'est Rube qui vient de parler et Cagey Carl Ewings a sauté par-dessus les cordes et fait à présent le tour du ring comme s'il voulait tuer quelqu'un. Et devinez qui est le pauvre type qui se trouve à proximité ? C'est moi, bien sûr, me répétant intérieurement : *Vingt-deux par KO, vingt-deux par KO...* Je ne suis plus que de la viande froide. De la viande froide, rien de plus.

Le type s'approche.

« Hé, petit, dit-il.

— Hé », je réponds bien que je ne sois pas certain qu'il désire une réponse.

J'essaye juste de me montrer amical. On ne pourra pas me reprocher d'y avoir mis de la mauvaise volonté.

Quoi qu'il en soit, cela semble marcher, car il sourit.

Puis il fait une déclaration au sens parfaitement limpide.

Voici : « Je vais te tuer.

— D'accord. »

Ai-je vraiment dit cela ?

« Tu as la trouille.

— Si ça t'amuse.

— Oh oui, ça m'amuse, mon pote, mais ça m'amusera encore plus quand tu sortiras d'ici sur une civière.

— C'est vrai ?

— Absolument. »

À la fin, il sourit à nouveau et retourne dans son coin. Franchement, je suis sûr qu'il va me réduire en charpie. Cagey Carl. Quel idiot ! Et je le lui dirais si je n'avais pas aussi peur de lui. À présent, il n'y a plus que moi, la peur et les petits pas que je fais pour aller jusqu'au centre du ring. Rube se tient derrière moi.

Avec seulement mon short bleu, mes baskets et mes gants, je me sens nu. Trop maigre, pas assez poilu. Comme si on pouvait lire la peur en moi. La chaleur de la salle s'infiltre dans mon dos. La fumée des cigarettes transperce ma peau. Une odeur de cancer.

La lumière est braquée sur nous.

Aveuglante.

La foule est plongée dans l'obscurité.

Cachée.

Il n'y a plus que des voix à présent. Plus de nom, plus de blondes, plus de bière, plus rien. Rien que des voix attirées par la lumière, des voix anonymes. Le bruit d'individus rassemblés autour d'un combat et qui aiment ça.

On sue, Carl et moi. Il a de la vaseline sur les arcades sourcilières et il me fixe. J'ai l'impression que son regard s'enfonce dans mes yeux. Soudain, il m'apparaît qu'il veut *vraiment* me tuer.

« Un combat fair-play », dit l'arbitre, et c'est tout ce qu'il dit.

Puis on retourne chacun dans notre coin.

Mes jambes tremblent.

Mon cœur bat la chamade.

Je hoche la tête tandis que Rube me donne deux instructions.

La première : « Ne t'écroule pas. »

La seconde : « Si tu tombes quand même, fais en sorte de te relever.

— OK. »

OK.

OK.

Une sacrée expression, pas vrai ? Car on peut dire ça sans le penser réellement. Tout va être OK. Ouais, pourquoi pas ? Sauf que ce n'est pas vrai. Parce que tout repose sur vous. Vous et personne d'autre. Et dans le cas qui nous intéresse, il s'agit de moi. De moi seul.

« OK », je répète en sentant bien l'ironie de mes paroles.

La cloche sonne alors et ça y est.

Ça y est ? je me demande. *Ça y est ? Vraiment ?*

La réponse ne vient pas de moi mais de Cagey Carl qui a très clairement exprimé ses intentions. Il se rue sur moi en levant son poing gauche. Je me baisse vivement, pivote et réussis à sortir du coin.

Il se met à rire tout en me pourchassant autour du ring.

Il vient sur moi, j'esquive.

Il virevolte et me rate. « T'as peur, hein », me répète-t-il sans cesse.

Vers la fin du round, son gant gauche trouve un angle d'attaque et s'écrase contre ma mâchoire. Il m'envoie un direct du droit, puis encore un autre. La cloche sonne alors.

Le round est terminé et je n'ai pas donné un seul coup.

Rube me parle.

« Fais un effort..., dit-il, tu ne peux pas gagner un combat sans te servir de tes poings.

— Je sais.

— Alors ?

— Alors quoi ?

— Alors il faudrait que tu envoies quelques punchs.

— D'accord. »

Mais personnellement, je suis content d'avoir survécu au premier round sans avoir été mis knock out. Je suis même fou de joie d'être encore debout.

Deuxième round. Toujours pas de punchs, mais cette fois, je m'écroule peu avant la fin et la foule se met à hurler. Cagey se dresse au-dessus de moi et me dit : « Hé, petit ! Hé, petit ! » C'est tout ce qu'il dit tandis que je me relève tant bien que mal. Peu après, la cloche sonne. Tout le monde sait que j'ai peur.

Cette fois, Rube m'insulte carrément :

« Si c'est pour continuer comme ça, ce n'est pas la peine d'être ici ! Tu te rappelles ce qu'on a dit ce matin ? C'est notre chance. Notre seule chance et tu vas la gâcher parce que tu as peur de ce petit connard ! » Son ton est hargneux. « Si je me battais contre ce type, je l'aurais rétamé dès le premier round, tu le sais aussi bien que moi. Il me faut vingt minutes pour te battre, alors concentre-toi et fais un effort, sinon, rentre à la maison ! »

Et pourtant, je ne parviens pas à envoyer un seul punch.

La foule commence à me huer. Personne n'aime les lâches.

Rounds trois et quatre, toujours pas de punch.

Finalement, le dernier round, le cinquième.

Qu'arrive-t-il ?

Je cours tandis que mon cœur battant heurte mes côtes. Je me baisse, je m'écarte, je feinte, et Cagey Carl m'envoie encore quelques directs. Il me répète d'arrêter de courir mais je n'en fais rien. Je continue à courir et je survis à mon premier combat. Je le perds parce que je n'ai pas envoyé un seul punch, et les spectateurs veulent me lyncher. En quittant le ring, ils me hurlent au visage, me crachent dessus et un type me donne même un grand coup dans les côtes. Je le mérite.

De retour dans la pièce attenante, les autres mecs secouent la tête.

Perry m'ignore.

Rube ne peut se résoudre à me regarder.

Au lieu de ça, tandis que j'ôte mes gants en rougissant de honte, il frappe les quartiers de viande qui pendent autour de nous. Il y a un autre combat avant celui de Ruben. Il frappe dur, nous attendons et nous savons qu'il va gagner. Il a ça en lui, à présent. Je ne sais pas d'où cela vient... peut-être de cette bagarre dans la cour du lycée. Je n'en suis pas certain mais je le sens jusqu'au moment où l'autre combat s'achève.

Quand Perry lui dit : « C'est l'heure », Rube frappe une dernière fois la viande et on s'approche de la porte. On attend à nouveau et quand la voix de Perry nous parvient, Rube se précipite dans la salle.

« Ce soir, hurle Perry, vous allez assister à un combat dont vous parlerez durant tout le reste de votre vie ! Vous pourrez dire que vous l'avez vu. » La foule demeure silencieuse. Et Perry parle plus doucement d'un ton très sérieux. « Vous pourrez dire : “J'étais dans la salle la première fois que Ruben Wolfe a combattu. J'ai assisté au premier combat de Ruben Wolfe-le-Battant.” Voilà ce que vous direz... »

Ruben Wolfe-le-Battant.

C'est donc son nom.

Ruben Wolfe-le-Battant, et ce que voit la foule, c'est Rube marchant vers le ring avec la veste de Perry sur le dos. Et les spectateurs sentent ce que tout le monde a senti jusque-là. La confiance. Elle brille dans ses yeux que l'on peut apercevoir sous sa capuche.

Sa démarche n'est ni démonstrative, ni particulièrement énergique.

Il n'envoie pas de coups de poing dans le vide.

Mais il ne fait pas un seul pas de trop.

Il marche droit, droit devant lui, résolu et prêt à se battre.

« J'espère que t'es meilleur que ton frère », lui lance un type.

Cela me fait mal. Cela me blesse.

« Je *suis* meilleur. »

Et ces trois mots prononcés par mon frère tandis qu'il continue d'avancer sans sourciller me font encore plus mal.

« Ce soir, je suis prêt », poursuit-il, et je me rends compte que, maintenant, il ne parle que pour lui-même.

La foule, Perry, moi... nous formons à présent une masse lointaine et floue. Désormais, plus rien ne compte à part Rube, le combat et la victoire. Plus rien n'existe à part cela.

Son adversaire bondit sur le ring mais ça n'ira pas plus loin. Durant le premier round, Rube lui fait mordre la poussière à deux reprises. Il est sauvé par la cloche. Durant la pause, je me contente de donner de l'eau à mon frère qui reste assis en regardant dans le vide. Il attend la reprise du combat avec un léger sourire aux lèvres, comme si cet endroit était le seul où il désirait vraiment se trouver. Il lève et abaisse les jambes très légèrement et très rapidement. Il répète ce geste sans arrêt avant de s'élancer vers son adversaire les poings levés.

Le deuxième round est le dernier.

Rube attrape l'autre grâce à un large crochet du droit.

Il lui sert ensuite un direct du gauche dans le torse.

Puis il le frappe sous les côtes.

Il le touche au cou.

À l'épaule.

Au bras.

Partout où c'est autorisé.

Finalement, il le frappe directement au visage. Trois coups jusqu'à ce que le sang gicle de la bouche de l'autre mec.

« Arrêtez le match », dit Rube à l'arbitre.

La foule hurle.

« Arrêtez le match. »

Mais l'arbitre n'en a aucunement l'intention et Rube est obligé d'enfoncer un dernier punch dans le menton de Wizard Walter Brighton qui s'écroule définitivement sur le tapis.

L'atmosphère est lourde et violente.

Des verres de bière explosent.

La foule hurle.

Une nouvelle goutte de sang tombe sur le sol en toile.

Rube la fixe.

Puis la foule se met à nouveau à beugler.

« Ça suffit comme ça, dit Rube en retournant dans son coin. Je leur ai dit d'arrêter mais j'imagine qu'ils aiment le sang. C'est pour cela qu'ils payent. »

Il bondit hors du ring et la foule le vénère immédiatement. On lui sert de la bière, on lui hurle qu'il a été fantastique, on touche ses gants. Rube reste sans réaction.

À la fin de la soirée, on retourne dans le van de Perry. Bumper a gagné en cinq rounds mais les autres mecs ont tous perdu, moi y compris, bien évidemment. Le chemin du retour est silencieux. Seuls deux combattants tiennent dans leur main un billet de cinquante dollars Tous les autres ont quelques pièces dans leurs poches, celles qu'on a lancées dans leur coin à la fin du combat. Tous les autres sauf moi. Car, comme je l'ai dit, personne n'aime les lâches.

Perry dépose d'abord les autres puis il nous laisse dans le centre.

« Hé, Rube ! appelle-t-il.

— Ouais.

— Tu sais te battre, fiston. Rendez-vous la semaine prochaine.

— À la même heure ?

— Oui. »

Puis il s'adresse à moi :

« Cameron, si tu ne te bats pas mieux la prochaine fois, je te tuerai.

— Compris. »

Mon cœur s'arrête, le van démarre et Rube et moi, on rentre à la maison en marchant. Sur le chemin, je m'insulte intérieurement. J'ai envie de pleurer mais je n'en fais rien. J'aimerais être Rube. J'aimerais être Ruben Wolfe-le-Battant et pas le Chien-Battu. J'aimerais tellement être à sa place.

Un train passe au-dessus de nous lorsqu'on traverse le tunnel avant de déboucher dans Elizabeth Street. Le bruit est assourdissant puis il s'évanouit.

Le bruit de nos pas prend le relais.

Quand on sort du tunnel, je sens à nouveau la peur dans la rue. Je flaire son odeur. Elle est facile à déceler, et Rube la sent lui aussi, j'en suis certain. Mais il ne la connaît pas. Il ne la ressent pas.

Ce qu'il y a de pire, c'est de savoir que les choses ont changé. Vous comprenez, Rube et moi, on a toujours été ensemble. Tous les deux des moins que rien, des bons à rien. Et maintenant, Rube est un battant. Comme Steve. Et moi, je suis le chien battu. Et je reste seul dans mon coin.

Lorsqu'on traverse le portail de la maison, Rube me donne deux petites tapes dans le dos. Sa colère s'est dissipée, probablement à cause de sa victoire. On se prépare à expliquer pourquoi on est si en retard pour le dîner. Mais c'est inutile car maman travaille de nuit à l'hôpital et papa est parti se balader. La première chose que fait Rube, c'est d'aller dans le jardin pour arroser au jet ses gants tachés de sang.

Puis il entre dans notre chambre.

« On dîne et après, on sort Miffy, d'accord ? demande-t-il.

— OK. »

Je range directement mes gants sous mon lit. Ils sont immaculés. Comme neufs.

« Rube ?

— Ouais ?

— Il faut que tu me dises ce que tu as ressenti. Qu'est-ce que ça fait de gagner ? »

Un silence.

Un long silence.

On entend les voix de papa et maman dans la cuisine. Ils parlent à Steve car je distingue aussi la voix de mon frère. Sarah dort dans sa chambre, je suppose.

« Qu'est-ce que ça fait ? répète Rube. Je ne sais pas exactement mais ça m'a donné envie de hurler. »

9

« Attrape ce sac », me dit Steve.

Comme il l'a annoncé, Steve s'en va. Il s'apprête à quitter définitivement la maison pour prendre un appartement avec sa copine. Il a débarrassé toutes ses affaires du sous-sol. Il louera pendant quelque temps, a-t-il dit, puis il achètera probablement une maison. Ça fait pas mal de temps qu'il travaille. Il a un bon boulot, et il vient de commencer la fac à mi-temps. Il a aussi de chouettes fringues. Pas mal pour quelqu'un qui a arrêté ses études il n'y a pas si longtemps. « Le temps est venu de partir, explique-t-il, puisque les parents ont du mal à payer les factures et que papa refuse de s'inscrire au chômage. »

Il n'en rajoute pas.

Il ne jette pas un dernier regard nostalgique à sa chambre.

Il sourit simplement, étreint maman, serre la main de papa et sort de la maison.

Sur le perron, maman se met à pleurer. Papa lui fait au revoir avec la main. Sarah sent encore sur elle la pression des bras de Steve. Un fils et un frère s'en va. Rube et moi, on fait le voyage avec lui pour l'aider à déballer le reste de ses affaires. Son appartement se trouve à un kilomètre seulement de la maison, mais il dit vouloir s'installer dans le Sud.

« Près du Parc national.

— Bonne idée.

— De l'air frais et des plages.

— Ça doit être super. »

On démarre et je suis le seul à me retourner pour voir les Wolfe sur le perron de leur maison. Ils vont regarder la voiture jusqu'à ce qu'elle disparaisse. Ensuite, un par un, ils vont rentrer à l'intérieur. Derrière la moustiquaire. Derrière la porte en bois. Derrière les murs. Dans leur petit univers.

« Salut, Steve, dit-on quand on a fini de déballer les affaires.

— Je suis seulement à quelques rues de la maison », répondit-il.

Et j'essaye de percevoir un semblant de reconnaissance dans sa voix. Quelque chose qui sous-entendrait : *Tout va bien, les mecs. On va s'en sortir. On va tous s'en sortir.* Mais il n'y a rien de cela dans la voix de Steve. On sait tous que tout va bien se passer pour Steve. Tout va être OK et, s'agissant de lui, il n'y a aucune ironie dans l'expression. Steve sera toujours OK. C'est ainsi.

Aucun de nous ne s'étreint.

Steve et Rube se serrent la main.

Steve et moi, on se serre la main.

Ses derniers mots :

« Vous prendrez soin de maman, hein ?

— Compte sur nous. »

On rentre à la maison dans la pénombre. Rube court devant moi et me pousse à accélérer mon rythme. Le prochain combat rôde autour de nous comme un voleur attendant son heure. C'est dans cinq jours.

J'en rêve chaque nuit.

Je fais des cauchemars.

Je suis en sueur.

Dans mes rêves, je me bats contre Perry. Je me bats contre Steve et Rube. Même ma mère monte sur le ring et me colle une raclée. Le plus bizarre, c'est que chaque fois mon père est dans la foule et il observe. Il ne dit rien. Il ne fait rien. Il regarde simplement ce qui se passe ou parcourt les petites annonces à la recherche d'un travail.

Le samedi soir, je ne dors presque pas du tout.

Le dimanche, je traînasse et mange à peine.

Comme la semaine dernière, Perry vient nous chercher mais, cette fois, il nous conduit à Glebe.

Ça ressemble à la fois précédente.

Le même genre de public.

Les mêmes types, les mêmes blondes, la même odeur.

L'entrepôt est vieux et vétuste. La pièce dans laquelle on attend tombe en ruine.

Avant que les portes ne s'ouvrent, Rube me dit :

« N'oublie pas, soit l'autre mec te tue, soit c'est Perry qui s'en charge. Si j'étais toi, je saurais ce que je préfère. »

Je hoche la tête.

On ouvre les portes.

Perry hurle à nouveau et après avoir inspiré profondément, j'entre dans la salle. Mon adversaire m'attend mais ce soir, je ne le regarde même pas. Pas au début. Pas durant le petit topo de l'arbitre.

Je le vois pour la première fois quand il est sur moi.

Il est grand.

Il porte un bouc.

Il est lent mais ses coups sont puissants.

J'esquive, fais une embardée et m'écarte de lui.

Il n'y a plus d'incertitude à présent.

Plus de question à se poser.

Je reçois un coup sur l'épaule et je contre-attaque. Je trouve une ouverture et lui sers un direct au visage. Je le rate. Je tente un autre coup. Je le rate encore.

Son poing de géant semble d'abord me secouer, puis il atterrit sur mon menton. Je lui rends son coup et le touche dans les côtes.

« Ouais, comme ça, Cam ! » me crie Rube.

Et quand le round se termine, il me sourit.

« Vous êtes à égalité, me dit-il. Tu peux facilement battre ce tocard. » Puis il se met à rire franchement. « Imagine que tu te bats contre moi.

— Tu crois vraiment que c'est une bonne idée ?

— Pourquoi, t'as peur de moi ?

— Ben, oui.

— Bon, oublie ça et écrabouille ce type. »

Il me donne une dernière gorgée d'eau et je m'élance pour le deuxième round.

Cette fois, c'est la foule qui fait une embardée. Les voix grimpent par-dessus les cordes et m'enveloppent. Quand je m'écroule, elles tombent autour de moi comme un torrent et m'obligent à me relever.

Il ne se passe pas grand-chose au cours du troisième round. On s'accroche l'un à l'autre et on tente quelques coups dans les côtes. Je le touche une fois mais il se moque de moi. Au début du quatrième round, il dit :

« Hé, je me suis fait ta mère hier soir. C'est vraiment une grosse cochonne, une vraie salope. »

À ce moment-là, je me dis : *Il faut que je gagne.* Une image se forme dans mon esprit : je vois maman, Mrs Wolfe, en train de travailler. Fatiguée, éreintée, mais travaillant quand même. Pour nous. Je garde la tête froide et je me concentre davantage. Je suis plus patient et, quand j'en ai l'opportunité, je lui envoie trois directs au visage. Et lorsque la cloche sonne la fin du round, je continue à le frapper.

« Eh bien, qu'est-ce qui t'arrive ? me demande Rube en rigolant.

— J'suis énervé.

— C'est bien. »

Dans le cinquième round, je m'écroule deux fois mais je réussis à envoyer mon adversaire – un nommé Joe Ross-la-Foudre – au tapis. Chaque fois que je suis à terre, les spectateurs me poussent à me relever et quand la cloche sonne et qu'on annonce le résultat, ils applaudissent et lancent des pièces dans mon coin. Perry les récupère.

J'ai perdu le match mais je me suis bien battu.

Je suis resté debout jusqu'à la fin.

C'est tout ce que j'avais à faire.

« Tiens. » Perry me donne l'argent quand on est de retour dans les vestiaires. « Vingt-deux dollars et quatre-vingts cents. C'est un bon pourboire. La plupart des perdants ne gagnent pas plus de quinze ou vingt dollars.

— Cameron n'est pas un perdant, déclare Rube qui se tient juste derrière moi.

— Comme tu voudras », acquiesce Perry, sans trop se préoccuper de savoir si c'est vrai.

Puis il s'en va.

Quand arrive le tour de Rube, les spectateurs deviennent subitement très attentifs. Ils ne le lâchent pas du regard, observent chacun de ses gestes, chacun de ses tics, tout ce qui pourrait confirmer ce qu'ils ont entendu dire à son sujet. La rumeur selon laquelle Perry Cole aurait un nouveau boxeur hors pair s'est rapidement propagée et tout le monde veut voir Rube. Mais ce soir, ils ne le verront pas longtemps.

Il entame le match avec un puissant crochet du gauche.

Son adversaire est projeté dans les cordes et Rube

le frappe sans discontinuer. Il le lessive. Ses poings martèlent ses côtes. Puis il lui envoie une série d'uppercuts. À la moitié du round, le type s'écroule.

« Debout ! » hurlent les spectateurs.

Mais le type peut à peine bouger.

Rube reste immobile.

Au-dessus de lui.

Il ne sourit pas.

Les spectateurs voient le sang, ils le sentent. Ils observent le regard incandescent de Rube. Ruben Wolfe-le-Battant... c'est un nom qui les fera venir ici pendant longtemps.

Quand il sort du ring, les spectateurs s'agglutinent à nouveau autour de lui.

Des hommes ivres.

Des femmes excitées.

Ils se frottent contre lui. Ils essayent tous de le toucher mais Rube ne change pas d'attitude. Il marche droit devant lui, souriant par obligation et les remerciant, mais sans jamais perdre sa concentration.

« On s'est bien battus ce soir, me dit-il une fois assis dans les vestiaires.

— Ouais. »

Perry lui donne ses cinquante dollars.

« Pas de pourboire pour le gagnant, dit-il. Mais il reçoit bien sûr ses cinquante dollars.

— Il n'y a pas de problème. »

Lorsque Rube s'en va aux toilettes, Perry et moi, on bavarde un moment.

« Le public l'aime, explique-t-il. Exactement comme je l'avais prévu. » Un silence. « Et tu sais pourquoi ?

— Oui, dis-je en hochant la tête.

— C'est parce qu'il est grand, qu'il a bonne allure et qu'il sait se battre, explique-t-il malgré ma réponse. Et parce qu'il en veut. C'est ce que les gens aiment le plus. » Il sourit. « Dehors, il y a des filles qui me supplient pour que je leur dise où le trouver. Elles aiment les mecs dans son genre.

— On pouvait s'y attendre. »

Quand on sort, une blonde traîne près de la porte.

« Hé, Ruben ! » Elle s'approche de lui sur la pointe des pieds. « J'aime bien comment tu te bats. »

On continue à marcher, elle nous suit et son bras touche légèrement celui de Ruben. Pendant ce temps, j'observe la fille avec attention.

Je regarde ses yeux, ses jambes, ses cheveux, son cou, ses sourcils, ses seins, la fermeture éclair de son blouson, les boutons de sa chemise, ses boucles d'oreilles, ses bras, ses doigts, ses mains, son cœur, sa bouche, ses dents et ses lèvres.

Elle est mignonne.

Mignonne et idiote.

Et là, je n'en reviens pas.

Je n'en reviens pas car mon frère s'arrête. La fille et lui se regardent. Une seconde plus tard, elle l'attire vers elle et se colle à sa bouche. Elle lui dévore les lèvres. Ils sont contre le mur. La fille, Rube, le mur. Ils se pressent l'un contre l'autre. Ils se mêlent l'un à l'autre. Ruben l'embrasse violemment pendant un long moment. J'aperçois leurs langues et leurs mains courant le long de leurs corps.

Puis il s'écarte brusquement et s'éloigne.

« Merci, ma jolie », dit-il en continuant à marcher.

« Hé, Rube, t'es réveillé ?

— Comme d'habitude. Tu ne peux pas passer une nuit sans l'ouvrir ?

— Pas ces derniers temps.

— Cette fois-ci, t'as une bonne excuse... tu t'es vraiment bien battu.

— Où auront lieu les prochains combats ?

— À Ashfield, je crois, puis à Helensburg.

— Rube ?

— Quoi encore ?

— Pourquoi tu n'as pas pris la chambre de Steve ?

— Et pourquoi tu ne l'as pas fait, toi ?

— Et puis pourquoi Sarah ne l'a pas fait ? je lui demande.

— Je crois que maman veut la transformer en bureau, pour s'occuper de la paperasse et de ce genre de choses. C'est ce qu'elle a dit en tout cas.

— De toute façon, dis-je, ça me ferait une impression bizarre si l'un de nous s'y installait. »

Steve a toujours eu sa chambre au sous-sol. Il a déménagé mais le reste de la famille Wolfe n'a pas bougé. Elle a besoin de rester ainsi. Je sens cela dans l'air de la nuit, et je savoure ce sentiment.

J'ai aussi une autre question.

Que je ne pose pas.

Je n'y arrive pas.

C'est à propos de la fille.

J'y pense mais je ne dis rien.

Il y a des questions que l'on ne pose pas.

10

On s'entraîne, on combat, on continue à s'entraîner, et je décroche ma première victoire. Ça se passe à Helensburg où je suis opposé à un pauvre type qui n'arrête pas de m'appeler « cow-boy ».

« C'est tout ce que tu as à offrir, cow-boy ? »

« Tu frappes comme ma mère, cow-boy. »

Vous voyez le genre.

Je l'expédie au tapis une fois dans le troisième round et deux fois dans le cinquième. Je gagne aux points. J'empoche cinquante dollars mais surtout, je gagne. Une petite victoire pour le Chien-Battu. Je me sens bien, tout particulièrement à la fin, quand Rube me sourit et que je lui rends son sourire.

« Je suis fier de toi. »

C'est ce qu'il dit après, dans les vestiaires, avant de se concentrer à nouveau.

Plus tard, il m'inquiète.

Il… je ne sais pas exactement.

Je remarque que mon frère a changé. Il est plus dur. C'est comme s'il avait un interrupteur et qu'à l'approche d'un combat il appuyait dessus et n'était plus mon frère Ruben. Il me fait penser à une machine. Il est comme Steve, mais en différent. En plus violent. Steve est un gagnant parce qu'il l'a toujours été. Rube est un gagnant parce qu'il veut chasser le perdant qui est en lui. Steve sait qu'il est un gagnant tandis que Rube essaye encore de se le prouver. Il est plus féroce, plus fougueux, prêt à se battre contre tout sentiment de défaite.

Il est Ruben Wolfe-le-Battant.

Ou n'est-il pas plutôt en train de se battre contre Ruben Wolfe ?

Contre lui-même.

De se prouver.

À lui-même.

Je ne sais quoi.

C'est dans son regard.

La question.

Dans son souffle.

Qui se bat contre qui ?

Dans tous ses désirs.

Sur le ring ce soir, il réduit son adversaire en pièces. Dès le début du match, c'est à peine si l'autre type est là. Rube a quelque chose de plus que tous ses opposants. Son désir de vaincre est immense et ses poings sont rapides. Ce soir, chaque fois que le type est au sol, Rube s'approche de lui et dit :

« Relève-toi. »

Puis à nouveau :

« Relève-toi. »

La troisième fois, l'autre n'y arrive pas.

Et Rube se met alors à hurler :

« Lève-toi, mon pote ! »

Puis il retourne dans son coin et donne un coup de pied dans le poteau avant de descendre du ring.

Dans les vestiaires, il ne me regarde pas. Il parle mais ses paroles ne s'adressent à personne en particulier.

« Et encore un, hein ? Deux rounds et au tapis. »

Les femmes s'intéressent de plus en plus à lui.

Je les vois qui l'observent.

Elles sont jeunes, un peu vulgaires et mignonnes. Elles aiment les durs, même si en général, ce genre de mecs les traitent mal. J'imagine que certaines femmes sont tout simplement des êtres humains, comme nous. Et elles peuvent être aussi stupides que nous. Elles semblent en pincer pour les types méchants.

Mais est-ce que Rube est méchant ? je me demande.

C'est une bonne question.

C'est mon frère.

Et je n'en sais pas plus, peut-être.

Tandis que les semaines passent, il combat, gagne et arrête de se raser. Il se ramène et gagne. Se ramène et gagne. Et il sourit seulement quand je me bats bien.

Au lycée, on le perçoit différemment. Les élèves le connaissent ou le reconnaissent. Ils ont entendu dire qu'il était coriace. La rumeur court. Ils savent qu'il participe à des matchs de boxe. Mais ils ignorent que je combats moi aussi. Et c'est tant mieux. Car s'ils me voyaient, ils rigoleraient. J'apparaîtrais comme un sous-fifre. Ils diraient : « Va voir les frères Wolfe. Le plus jeune, c'est quoi son nom, déjà ?... peu importe, c'est un tocard. Mais Ruben, lui, il se bat comme un chef. »

« Ce ne sont que des racontars, explique Ruben Je ne me bats nulle part sauf dans mon jardin. » Il ment très bien. « Regardez les bleus qu'a mon frère. On se bat souvent à la maison, mais c'est tout. »

Un samedi matin, clair mais particulièrement

froid, on sort pour courir. Le soleil est à peine levé et tandis qu'on file dans la rue, on aperçoit des mecs qui rentrent chez eux. Ils sont restés dehors toute la nuit.

« Hé, Ruben ! » crie l'un d'entre eux.

C'est un vieux pote de Rube. Il s'appelle Cheese, ou tout du moins c'est son surnom. Je pense que personne ne connaît son véritable nom. Il nous attend sur le passage pour piétons menant à Central Station, une énorme citrouille sous le bras.

« Salut, Cheese. » Rube lève la tête et on s'approche du type. « Qu'est-ce que tu deviens ?

— Oh, pas grand-chose. Je passe mon temps à me bourrer la gueule. Depuis que j'ai arrêté le lycée, je ne fais que travailler et boire.

— Ah ouais ?

— Mais c'est la belle vie, mec.

— Ça te plaît ?

— J'adore ça.

— Alors je suis content pour toi. »

Mais en fait, mon frère s'en fiche pas mal. Il gratte sa barbe de deux jours.

« Et qu'est-ce que tu fous avec cette citrouille ?

— J'ai entendu dire que t'étais devenu un champion de boxe, dit Cheese.

— Oh, je ne boxe que dans mon jardin. » Rube

se souvient de quelque chose. « Tu es bien placé pour le savoir.

— Ouais, c'est vrai, mec. »

Il y a quelques années, Cheese venait parfois dans notre jardin lors de nos combats à un gant. Il se rappelle alors de la citrouille qu'il trimballe.

« Je l'ai trouvée dans une allée. On va jouer au foot avec. »

Ses copains arrivent alors et se rassemblent autour de nous.

« Et si on jouait ici, Cheese ? demandent-ils.

— D'accord », dit Cheese en donnant un coup de pied dans la citrouille.

L'un de ses copains court après et revient vers nous.

« Attaquez-le ! » hurle un autre type, et c'est parti.

Les équipes se forment rapidement, le type se fait coincer et des morceaux de citrouille volent dans tous les sens.

« Rube ! » je crie.

Il me passe la citrouille.

Je la rate.

« T'es vraiment nul, vieille canaille ! » s'exclame Cheese en riant.

Vieille canaille ? Il y a donc encore des gens qui disent ça ? C'est une expression qu'utilisait mon grand-père. Quoi qu'il en soit, je me console en faisant un tacle à un autre type qui finit sa course par terre.

Une clocharde qui fait les poubelles pour son petit déjeuner passe près de nous.

Quelques couples s'écartent.

La citrouille se casse en deux. On continue à jouer avec l'une des moitiés et l'autre s'écrase contre le mur, sous le distributeur de monnaie.

Rube se fait amocher.

Je reçois un gnon.

Tout le monde se fait rétamer, et une odeur nauséabonde de sueur, de bière et de citrouille crue se répand autour de nous.

« Ils puent, tes copains, dit Rube en s'adressant à Cheese.

— Toujours aussi sympa, toi », répond celui-ci.

On continue jusqu'à ce que la citrouille ne fasse plus que la taille d'une balle de golf.

C'est alors que les flics se ramènent.

Ils approchent, un homme et une femme, sourire aux lèvres.

« Hé, les mecs, dit l'homme. Comment ça va ?

— Mais c'est ce branleur de Gary ! s'écrie Rube. Qu'est-ce que vous faites ici ? »

Oui, vous avez bien deviné. Ce sont nos copains

flics de la course de chiens. Gary, le policier corrompu, et Cassy, la superbe brunette mégasexy.

« Ah, c'est vous ! s'exclame le flic en riant. Vous êtes allés aux courses ces derniers temps ?

— Non, répond Rube. On était occupés. »

Cassy donne un coup de coude à Gary.

Il s'interrompt.

Et se rappelle.

De son travail.

« Bon, les mecs », commence-t-il, et on sait tous ce qu'il va dire. « Vous vous rendez compte de ce que vous faites ? C'est pas autorisé, ça. Il y a de la citrouille partout et quand le soleil va chauffer, ça va puer comme les vieilles chaussures de travail de mon paternel. »

Un long silence.

Puis quelques « ouais ».

Ouais ceci, ouais cela, et un « ouais vous avez raison », j'imagine.

Mais personne ne comprend vraiment.

Tout le monde s'en fout.

Mais je me trompe.

Je me trompe car tout à coup, je m'entends dire :

« D'accord, Gary, je comprends. »

Et je me mets à ramasser les morceaux de citrouille. Rube m'imite en silence. Les autres, complètement ivres, se contentent de nous regarder.

Cheese nous aide un peu mais les autres ne remuent pas le petit doigt. Ils sont abasourdis. Trop bourrés. Trop essoufflés. Trop défoncés.

« Merci beaucoup, disent Gary et Cassy une fois qu'on a terminé et que nos amis bourrés s'en vont.

— Je crois que j'aimerais donner une bonne correction à certains de ces mecs », déclare Rube.

Le ton de sa voix est désinvolte mais cependant violent. Comme s'il était prêt à agir si les flics tournaient le dos.

Gary le regarde.

Plusieurs fois.

Il remarque quelque chose.

Et l'exprime :

« Tu as changé, mec. Qu'est-ce qui t'est arrivé ?

— Je ne sais pas », répond seulement Rube.

Moi non plus.

C'est une conversation entre moi et moi à Central Station. Elle se déroule dans ma tête tandis que Rube et Gary continuent à bavarder.

Voici :

« Hé, Cameron ?

— Quoi ?

— Pourquoi Rube te fait peur tout à coup ?

— Il est vraiment dur à présent, et même quand

il rit ou sourit, il s'arrête aussitôt et rentre dans sa coquille.

— Peut-être qu'il veut juste être quelqu'un.

— Peut-être qu'il veut tuer quelqu'un.

— Allez, arrête tes conneries !

— D'accord.

— Peut-être qu'il en a marre de perdre et qu'il ne veut plus jamais éprouver un sentiment d'échec.

— Ou peut-être que c'est lui qui a peur.

— Peut-être.

— Mais peur de quoi ?

— Je ne sais pas. De quoi peut avoir peur un type qui gagne ?

— De perdre ?

— Non, c'est plus que ça. J'en suis sûr...

— Quoi qu'il en soit, Cassy est supermignonne, pas vrai ?

— Sans aucun doute.

— ... mais peur de quoi ?

— Je viens de te le dire. Je n'en sais rien. »

11

Je ressens désormais une peur d'un nouveau type.

Vous avez déjà entendu des chiens gémir quand ils ont peur parce qu'un orage approche ? Eh bien, c'est exactement ce que j'ai envie de faire. J'ai envie de gémir et de poser toutes les questions qui me traversent l'esprit.

Quand est-ce arrivé ?

Et comment ?

Pourquoi Ruben a-t-il changé aussi rapidement ?

Pourquoi ne suis-je pas content pour lui ?

Pourquoi tout cela m'effraie-t-il ?

Et pourquoi je n'arrive pas à cerner exactement ce dont il s'agit ?

Toutes ces questions tournent dans ma tête et me rongent peu à peu. Elles tournent dans ma tête pendant les combats de mon frère. Qu'il gagne tous par KO. Elles tournent dans ma tête lorsqu'il se dresse au-dessus de son adversaire pour lui enjoindre de se relever, et quand la foule le touche comme pour capter un peu de sa force. Les mêmes questions se pressent dans ma tête dans les vestiaires, au milieu de l'odeur d'onguent, de cuir et de sueur. Je me les pose à nouveau quand je le surprends en train de se faire une étudiante de dix-neuf ans derrière l'usine de Maroubra, avant qu'il ne s'éloigne d'elle sans même se retourner. Et la fois suivante... avec une autre fille. Puis encore avec une autre. Je me pose ces questions à la maison tandis que l'on dîne, que maman nous verse notre soupe, que Sarah mange en silence et que papa ravale un peu plus sa fierté à chaque cuillerée. C'est son échec qu'il porte à sa bouche, mâche, avale et digère. Un échec auquel il finit par s'habituer. Je me pose les mêmes questions lorsque Sarah et moi allons récupérer en vitesse le linge qui sèche dehors (« Merde ! s'écrie-t-elle. Il pleut ! Hé, Cam, viens m'aider à rentrer le linge ! » Quel charmant tableau : nous deux courant sous la pluie et arrachant violemment le linge de l'étendoir en nous fichant bien de l'abîmer du moment qu'il est sec.) Je me pose même ces questions quand je renifle mes chaussettes pour savoir si je peux les porter un jour de plus ou si je dois les laver en prenant ma douche. Je me les pose quand je vais voir Steve dans son appartement, qu'il me sert un café noir, que l'atmosphère est amicale mais que nous parlons à peine.

Finalement, quelqu'un vient m'aider un peu.

Car Mrs Wolfe a elle aussi des questions à poser. Et elle est peut-être en mesure de faire dire à Rube quelque chose qui m'aidera à mieux le comprendre. De plus, elle vient nous voir alors que j'ai gagné mon match du dimanche précédent : je n'ai donc aucun bleu.

C'est un mercredi soir. Rube et moi, on est assis sur le perron et on caresse Miffy après sa promenade. Le petit chien attire notre attention en jappant en direction du salon. Il roule sur le dos et on lui caresse le ventre en se moquant de ses crocs et de ses griffes ridiculement petits.

« Oh, Miffy ! » souffle Rube.

Et ce n'est plus qu'une pâle imitation de la manière dont il appelait le chien quand on allait le chercher chez le voisin. À présent, quand il rit, on a l'impression que quelque chose lui bouche la gorge.

Qu'est-ce que c'est ?

Des regrets ?

Des remords ?

De la colère ?

Je ne sais pas ce que c'est, mais Mrs Wolfe l'a également remarqué. Et elle nous rejoint sur le perron, dans la lumière faible et froide du soir.

J'aime Mrs Wolfe.

Il faut absolument que je vous le dise.

J'aime Mrs Wolfe parce qu'elle est douée et que c'est un génie même si sa cuisine est franchement indigeste. Je l'aime parce qu'elle se bat comme personne. Elle se bat mieux que Rube. Même Rube vous le dira... bien qu'elle ne se batte pas avec ses poings. Mais c'est aussi une histoire de sang...

Voici que qu'elle nous dit ce soir :

« Qu'est-ce qui se passe, les garçons ? Pourquoi rentrez-vous si tard le dimanche ? » Elle sourit. « Je sais que vous alliez aux courses de chiens il y a quelque temps, vous saviez cela, pas vrai ? »

Je la regarde.

« Comment tu l'as appris ?

— Mrs Craddock me l'a dit, confesse-t-elle.

— Foutue Craddock ! » je m'écrie.

Mrs Craddock, notre voisine, assiste à toutes les courses de chiens. Elle est toujours en train de mâcher un hot dog avec ses fausses dents et de boire de la bière jusqu'à plus soif. Et je ne parle pas de toutes les cigarettes qu'elle fume.

« Oubliez cette histoire de chiens », dit maman en soupirant.

Elle parle.

On écoute.

On y est obligés.

Quand on aime et respecte quelqu'un, on l'écoute.

« Je sais que ce n'est pas facile en ce moment, les gars. Mais faites-moi plaisir, essayez de rentrer à une heure décente. Avant qu'il ne fasse nuit. »

Je craque.

« D'accord, maman. »

Rube résiste.

« On s'entraîne au gymnase depuis quelques temps, explique-t-il d'un ton assuré. Le dimanche, c'est moins cher et on peut apprendre à boxer. »

Boxer.

Bien joué, Rube.

On sait tous les deux ce que maman pense de la boxe.

« C'est vraiment ce que vous voulez faire ? » demande-t-elle, réagissant avec une surprenante douceur.

Elle sait qu'elle ne peut pas nous l'interdire. Le seul moyen pour que l'on comprenne, doit-elle penser, c'est que l'on découvre par nous-mêmes ce qu'il en est. Elle continue à parler et conclut par ces deux mots :

« La boxe ? Vraiment ?

— Il n'y a aucun risque. C'est surveillé et bien organisé. Ce n'est pas comme quand on s'entraînait dans le jardin. Ça n'a rien à voir avec ces conneries de combats à un seul gant. »

Et Rube ne ment pas. En effet, les matchs sont surveillés et bien organisés... mais par qui ? C'est curieux de voir à quel point mensonge et vérité peuvent se ressembler. Ils portent des tee-shirts, des baskets et des jeans. Et tous deux sortent de la bouche de Ruben Wolfe.

« Prenez soin l'un de l'autre.

— Tu peux compter sur nous », dis-je.

Et je souris à Mrs Wolfe parce que je ne veux pas qu'elle s'inquiète. Je veux qu'elle parte travailler sans se faire de souci pour nous. Elle mérite au moins ça.

« D'accord, se contente de dire Ruben.

— Bien.

— On essayera de rentrer plus rapidement », reprend-il avant que maman ne s'en aille.

Elle caresse d'abord Miffy pendant un moment, passant ses doigts secs dans la fourrure soyeuse de notre ami canin, puis elle rentre dans la maison.

« Regarde ce chien, dis-je, juste histoire de dire quelque chose, n'importe quoi.

— Eh bien ? répond-il. Qu'est-ce qu'il a ce chien ? »

Je suis mal à l'aise et je ne sais pas trop comment poursuivre.

« Tu crois pas que nous devons l'aimer ?

— Mais à quoi ça sert d'aimer ? » Il observe la rue. « Ça n'apporte rien du tout.

— Est-ce que haïr apporte plus ?

— Qu'est-ce qu'on est censés haïr ? » demande-t-il en riant.

La vérité, c'est qu'il y a beaucoup de choses à haïr, et beaucoup de choses à aimer.

L'amour.

Les gens.

La haine.

Cette situation...

Derrière nous, on entend maman qui nettoie la cuisine. On se retourne et on aperçoit la silhouette de notre père qui est en train de l'aider. On le voit embrasser maman sur la joue.

Il est au chômage.

Il l'aime toujours.

Et elle l'aime.

En les regardant, je revois les combats auxquels Rube et moi avons participé dans les usines et les entrepôts. Ils m'apparaissent bien ternes, tout à coup. Ternes en comparaison. Je vois aussi Sarah faisant des heures supplémentaires (comme elle le fait souvent ces derniers temps), ou même regardant la télé ou lisant. Je vois également Steve qui vit sa vie dans son propre appartement. Mais surtout, je vois papa et maman. Mr et Mrs Wolfe.

Je pense à Ruben Wolfe-le-Battant.

Je pense à combattre Ruben Wolfe.

De l'intérieur.

Je pense à retrouver Ruben Wolfe...

Je pense aux combats que l'on est sûrs de gagner, à ceux que l'on va certainement perdre et à ceux dont l'issue est incertaine.

C'est à mon tour de regarder la rue.

Je prends la parole.

Je parle.

Je dis :

« Ne perds pas ton cœur, Rube. »

Et très clairement, sans un mouvement, mon frère me répond.

« Je n'essaye pas de le perdre, Cam, dit-il. J'essaye de le trouver. »

Ce soir, on ne dit rien.

Pas de « Hé, Rube, t'es réveillé ? »

Pas de « Ben oui, j'suis réveillé ! »

Rien que le silence.

Le silence, Rube et moi.

Et l'obscurité.

Pourtant, il reste éveillé. Je le sens. Hors de mon champ de vision, Ruben est éveillé.

Il n'y a pas de voix provenant de la cuisine.

Il n'y a pas d'autre monde que celui-ci.

Cette chambre.

Cet air.

Ma conscience.

12

Le samedi matin, encore à demi conscient, je rêve de femmes, de chair et de combats.

Les premières me remplissent d'effroi.

La deuxième me fait frissonner.

Les troisièmes me font encore plus peur que le reste.

Ma couverture me recouvre presque entièrement. Seul mon museau d'humain dépasse et me permet de respirer.

« On va courir ? » je demande à Rube.

Dort-il encore ?

« Non, pas aujourd'hui », répond-il finalement.

Tant mieux, me dis-je, *cette couverture a beau renfermer toutes mes angoisses, j'y suis bien au chaud. En plus, on a bien mérité un peu de repos.*

« Mais je m'entraînerai plus tard, continue Rube. Il faut que je travaille mon coup droit. On pourrait faire quelques combats à un seul gant dans le jardin, qu'est-ce que tu en dis ?

— Je croyais qu'on arrêtait ça. C'est ce que tu as dit à maman.

— Eh bien, j'ai changé d'avis. » Il roule sur lui-même mais continue à parler. « Tu pourrais travailler ton coup droit, toi aussi. »

Il n'a pas tort.

« D'accord.

— Alors arrête de te plaindre.

— Mais ça ne me dérange pas. » Ce qui est parfaitement vrai. « Ça sera amusant. Comme au bon vieux temps.

— Exactement.

— Super. »

On se rendort. Pour moi, ça signifie que je vais de nouveau penser aux femmes, à la chair et aux combats. *Mais Rube, à quoi pense-t-il ?*

Une fois que nous sommes réveillés, la journée avance lentement, puis maman, papa et Sarah s'en vont rendre visite à Steve. C'est l'occasion rêvée pour nous entraîner. Bien évidemment, on saute dessus.

Comme d'habitude, on va d'abord chercher Miffy.

Assis sur les marches du perron, le clebs nous observe en se léchant les babines.

On dessine quelques cercles autour du jardin.

Puis Rube me frappe, mais je réponds. Ses coups sont plus précis que les miens mais chaque fois qu'il m'envoie un direct, je contre-attaque. Il finit par se sentir un peu frustré.

« Il faut que je sois plus rapide, dit-il quand on arrête. Plus rapide une fois que j'envoie un direct, et plus rapide pour bloquer les coups.

— Ouais, mais quand tu combats, tu lances un ou deux coups droits et ensuite, tu suis avec un crochet du gauche. Et ton gauche est toujours plus rapide que la riposte.

— Je sais, mais qu'est-ce qui se passe si je me retrouve face à un roi du contre ? Je serai mal barré.

— J'en doute.

— Tu crois vraiment ? »

Ensuite, on continue à s'entraîner pendant un moment puis on échange nos gants pour s'amuser un peu. Comme au bon vieux temps. Un gant chacun, à faire le tour du jardin en échangeant des coups. Souriant parce qu'on frappe. Souriant parce qu'on encaisse. Mais on retient nos coups parce qu'on a tous les deux un match le lendemain. Donc, pas d'ecchymoses et pas de sang. *C'est curieux,* me dis-je alors que l'on est accroupis tous les deux et que je remarque sur le visage de Rube un air de pure satisfaction, *c'est lorsque l'on se bat dans le jardin que je me sens le plus proche de mon frère. C'est à ce moment-là que j'ai vraiment le sentiment que nous sommes frères et que nous le serons toujours.* Voilà ce que j'éprouve en l'observant. Et quand il me fait un sourire à la Ruben Wolfe, Miffy se jette sur lui. Il fait semblant de se battre avec le chien et le laisse s'enrouler autour de son gant.

« Sacré Miffy ! » s'exclame-t-il avec un petit sourire amusé.

Mais son sourire est bref.

Plus tard, on reprend notre emploi du temps habituel.

On va dans notre chambre et Rube soulève le coin de tapis élimé, juste à côté de mon lit. Deux enveloppes sont cachées là : l'une avec son argent, l'autre avec le mien. Celle de Rube contient trois cent cinquante dollars. La mienne, à peu près cent soixante. Rube a remporté sept victoires sur sept combats. Mon argent provient de deux victoires et le reste, ce sont des pourboires.

Rube s'assied sur son lit et compte son argent.

« Le compte y est ? je demande.

— Pourquoi il y serait pas ?

— Putain, c'est juste une question ! »

Il me regarde.

En y repensant, c'est la première fois depuis longtemps que l'un de nous s'énerve contre l'autre. Avant, on s'engueulait tout le temps. C'était normal. Presque drôle. Un événement banal. Mais aujourd'hui, ça fait l'effet d'une flèche qui s'enfonce au cœur de notre fraternité. Une flèche empoisonnée par le doute.

Dehors, la ville égrène les secondes tandis que nous restons assis en silence.

Un... deux... trois... quatre...

Des paroles viennent rompre ce silence.

« Est-ce que les chiens courent aujourd'hui ? me demande Rube.

— Ouais, je crois. On est le samedi huit. Ouais, c'est aujourd'hui.

— On y va ?

— Pourquoi pas ? dis-je en souriant. Peut-être qu'on rencontrera les flics de la dernière fois et qu'on s'amusera un peu.

— Ouais, ils sont plutôt marrants, ces deux-là. »

Je prends une poignée de pièces dans mon enveloppe et j'en lance quelques-unes à Rube.

« Merci », dit-il.

Je glisse dix dollars dans la poche de ma veste.

« Y a pas de quoi », je réponds.

On enfile nos chaussures et on s'en va. On écrit d'abord un mot expliquant que l'on sera rentrés avant la nuit et on le pose sur la table de la cuisine. Juste à côté du *Herald.* Le journal est ouvert à la page « Emploi ». On dirait un champ de bataille et chaque annonce ressemble à une tranchée creusée pour qu'une personne y plonge. Pour qu'elle espère et se batte.

Nos regards s'attardent sur le journal.

On reste là un long moment.

On sait.

Rube boit du lait directement à la bouteille et la remet dans le frigo. Puis on sort de la maison, laissant sur la table de la cuisine le champ de bataille et notre petit mot.

Dehors, on marche.

On passe la porte d'entrée puis le portail.

On porte tous les deux nos fringues habituelles : jean, sweat-shirt, baskets et veste. Celle de Rube est en velours côtelé marron. Elle est vieille et ridicule, mais comme d'habitude, il a l'air sacrément classe avec cette veste. La mienne est noire et me va bien. C'est du moins ce que j'espère. Quoi qu'il en soit, si elle ne me va pas *bien,* elle me va *pas trop mal.* C'est déjà ça.

L'odeur âpre de la rue nous enveloppe bientôt. Elle me colle à la peau et j'adore ça. Au loin, les immeubles semblent soutenir le ciel. Nous avançons à grands pas sous ce ciel bleu et lumineux. Avant, on marchait lentement ou en nous cachant comme des chiens pris en faute. À présent, Rube marche avec assurance parce qu'il se sent fort.

Il est environ treize heures quand on arrive au stade.

« Regarde, c'est Mrs Craddock », dis-je en la montrant du doigt.

Comme d'habitude, elle est assise dans la tribune, un hot dog dans une main, une bière et une cigarette en équilibre dans l'autre. Elle est recouverte d'un nuage de fumée qui divise sa silhouette en deux.

« Salut, les gars ! » s'écrie-t-elle en portant sa cigarette à ses lèvres.

Ou bien est-elle en train de boire une gorgée de bière ? Difficile à dire...

Elle a des cheveux brun-gris, du rouge à lèvres violet, un nez écrasé, et elle porte une vieille robe et des chaussures à lanières. C'est une femme imposante.

« Bonjour, Mrs Craddock. » C'était une gorgée de bière *puis* une taffe. « Comment ça va ?

— Très bien, les gars. Y a rien de mieux qu'une journée avec les chiens.

— C'est bien vrai, ça ! je réponds tout en pensant *Cause toujours, ma belle*. Vous êtes pour qui dans la prochaine course ? »

Elle sourit.

Oh, mec. C'est pas beau à voir toutes ces fausses dents.

« Le numéro deux, Dimanche-Ensoleillé. »

Dimanche-Ensoleillé, Dimanche-Ensoleillé ? Qui donc peut avoir eu l'idée d'appeler un lévrier Dimanche-Ensoleillé ? En tout cas, cette personne devrait s'associer avec le type qui a appelé son chien Espèce-de-Saligaud.

« Elle galope bien ? je demande.

— Il n'y a que les chevaux qui galopent, mon cœur. »

Vous voyez à quel point elle peut être exaspérante ? Est-ce qu'elle pense vraiment que je suis bête au point de croire que j'assiste à une course de chevaux ?

« Et c'est un mâle, ajoute-t-elle.

— Bon, et c'est sûr qu'il va gagner ? demande Rube.

— Aussi sûr que je suis assise ici. »

Et on peut dire qu'elle est bien assise. (Rube me donne un petit coup de coude tandis qu'on s'éloigne.) « Avec ses cent trente kilos, elle est plus que lestée. »

On se retourne alors pour lui dire au revoir.

Moi : « Au revoir, Mrs Craddock. »

Rube : « À plus tard. Et merci pour le tuyau. »

On regarde autour de nous. Comme nos amis flics ne sont pas en vue, il faut qu'on trouve quelqu'un pour parier à notre place. Mais ça ne va pas être difficile. On nous appelle alors :

« Salut, les Wolfe ! »

C'est Perry Cole. Comme toujours, il a une bière à la main et nous accueille avec son petit sourire de filou.

« Mais que font ici deux jeunes gens aussi respectables que vous ?

— On mise juste quelques dollars, répond Rube. Vous voulez bien parier pour nous ?

— Sans problème.

— Dans la troisième course, le numéro deux.

— D'accord. »

Il parie pour nous et on redescend vers la partie ensoleillée des gradins, là où se trouvent les amis de Perry. Il nous présente en précisant bien que nous sommes de grands boxeurs (du moins en ce qui concerne Rube). Autour de nous, il y a des mecs et des filles pas très beaux à voir, mais il y a aussi quelques chouettes nanas. L'une d'entre elles est très jolie et doit avoir notre âge. Cheveux sombres, coupés court. Des yeux d'azur. Elle est toute maigre et nous sourit. Poliment. Timidement.

« Voici Stephanie », dit Perry en énumérant rapidement les noms de ses amis.

Son visage est doux et bronzé. Son cou et sa gorge sont lisses. Elle est vêtue d'une chemise bleu pâle, d'une vieille paire de jeans et d'un bracelet. Comme nous, elle porte des baskets. J'examine ses bras, ses poignets, ses mains et ses doigts. Ils sont délicats et féminins. Pas de bague. Juste un bracelet.

Derrière nous, tous les autres bavardent.

Où est-ce que tu habites ? je demande, mais aucun son ne sort de ma bouche.

« Où est-ce que tu habites ? » demande Rube à voix haute.

Mais le ton qu'il emploie est très différent de celui que j'aurais employé. Il dit ça juste pour parler. Pas pour être sympa.

« À Glebe, répond-elle.

— C'est un chouette quartier », dit-il.

Je reste muet. Je me contente de la regarder. Je regarde ses lèvres et ses belles dents si blanches quand elle ouvre la bouche. J'observe ses cheveux que la brise fait onduler. Je contemple le souffle du vent sur son cou. Je la regarde même respirer : je vois l'air qui pénètre dans sa bouche, passe dans ses poumons et ressort ensuite...

Rube et elle discutent de choses et d'autres : du lycée, de la maison, des amis, des concerts auxquels ils ont assisté récemment (Rube n'en a vu aucun, bien évidemment). Il invente tout au fur et à mesure.

Et moi ?

Je ne lui mentirai jamais.

Je le jure.

« C'est parti ! »

Tout le monde se met à hurler tandis que les chiens s'élancent sur la piste.

« Vas-y, Dimanche-Ensoleillé ! »

Rube se lève et crie avec la foule.

« Vas-y, Dimanche-Ensoleillé. Vas-y, bonhomme ! »

Pendant ce temps, je regarde Stephanie. Dimanche-Ensoleillé ne m'intéresse plus du tout. Même lorsqu'il gagne avec deux longueurs d'avance, que Rube me donne une tape dans le dos et que Perry nous donne à tous les deux une tape dans le dos.

« Cette bonne vieille Craddock est de bon conseil, pas vrai ? » hurle Rube.

Je lui souris vaguement. Stephanie nous sourit. On vient de gagner soixante-cinq dollars, c'est la première fois que l'on gagne aux courses. Perry va chercher nos gains.

On décide de rester et on traîne avec les autres

durant le reste de l'après-midi, jusqu'à ce que le jour commence à tomber et que les ombres s'étirent. Alors que le stade se vide après la dernière course, Perry nous invite chez lui pour « boire un verre, manger un morceau ou autre chose ».

« Non merci, répond Rube. Il faut qu'on rentre chez nous. »

Juste à ce moment-là, Steph échange quelques mots avec une fille plus âgée qui doit être sa grande sœur. Puis elles se séparent et Steph se retrouve toute seule.

Alors qu'on se dirige vers la sortie, je l'aperçois et demande à Rube :

« On devrait la raccompagner, tu crois pas ? Pour s'assurer que personne ne l'agresse sur le chemin. Il y a pas mal de cinglés dans le coin.

— On doit être à la maison avant la tombée de la nuit.

— Oui, mais...

— Vas-y si tu veux. Je dirai à maman que tu seras un peu en retard. Que tu es passé voir un pote. »

Je reste muet.

« Allez, me presse-t-il. Décide-toi. »

Je m'arrête, pars dans une direction, puis dans la direction opposée. Finalement, je me décide. Je traverse la rue en courant, et quand je me retourne pour voir où est passé Rube, il a disparu. Je ne le vois nulle part. Steph marche devant moi. Je la rattrape.

« Hé ! »

Des mots. *Plus de mots,* me dis-je. *Il faut que tu dises plus de mots.*

« Hé, Stephanie, je peux te raccompagner ? »

Pour être sûr que tu rentres chez toi sans problème, j'ajoute intérieurement. Car je me vois mal dire ça. Mon seul espoir, c'est qu'elle comprenne.

« Si tu veux, mais ça te fait faire un détour, non ?

— Euh, non, pas vraiment. »

Il fait de plus en plus sombre et j'ai de moins en moins de paroles en stock. C'est juste que je ne sais pas quoi dire ou quel sujet aborder. Seul mon cœur fait du bruit en battant à tout rompre. Nous marchons lentement. Je la regarde. Et elle aussi me jette plusieurs coups d'œil. Qu'est-ce qu'elle est belle ! Je la vois éclairée par les lumières de la ville. Ses yeux sont comme des mondes bleu azur et, dans l'obscurité, j'aperçois ses cheveux ondulés et sa peau bronzée.

Il fait froid.

Elle doit être gelée, me dis-je.

J'enlève ma veste et la lui tends. Toujours aucune parole. Juste mon visage qui l'implore d'accepter. Elle la prend et me remercie.

Puis on s'arrête devant le portail de sa maison.

« Tu veux entrer boire quelque chose ?

— Oh, non », je réponds doucement. Trop doucement ! « Il faut que je rentre. Mais j'aurais bien aimé pouvoir rester. »

Elle sourit.

Elle continue à sourire et enlève la veste. Quand elle me la tend, je rêve de pouvoir toucher ses doigts, d'embrasser sa main, de sentir la douceur de ses lèvres.

« Merci », répète-t-elle.

Et quand elle se retourne et marche vers la porte d'entrée, je reste là à la regarder. Je garde tout en mémoire : ses cheveux, son cou, ses épaules, son dos, son jean, ses jambes quand elle marche. Ses mains, son bracelet et ses doigts. Puis son dernier sourire au moment où elle me dit :

« Hé, Cameron.

— Oui ?

— On se verra peut-être demain. Je passerai sans doute à l'entrepôt même si je déteste les combats. » Elle s'interrompt un moment. « Je déteste aussi les paris sur les courses de chiens. Je n'y vais que parce que les chiens sont magnifiques. »

Je reste là.

Immobile.

Et je me demande : *Est-ce qu'un Wolfe peut être beau ?*

« C'est vrai. »

On est sur la même longueur d'onde. Ses yeux attirent les miens.

« Bon ben, OK, j'essaierai d'être là demain.

— D'accord. »

Puis, elle ajoute :

« Hé, juste par curiosité, est-ce que Ruben se bat aussi bien qu'on le dit ? »

Je hoche la tête.

Par honnêteté.

« Oui, dis-je, c'est vrai.

— Et toi ?

— Moi ? Je ne suis pas vraiment... »

Encore un sourire puis elle conclut :

« On se verra peut-être demain, alors ? »

— D'accord, je réponds. J'espère te voir. »

Puis elle se retourne et rentre chez elle.

Une fois seul, j'attends encore quelques secondes avant de m'en aller. Je me mets à courir, à cause de l'adrénaline que je sens dans ma gorge.

Est-ce qu'un Wolfe peut-être beau ?

Est-ce qu'un Wolfe peut-être beau ?

Sur le chemin du retour, je me pose cette question tout en contemplant l'image de Stephanie que je garde en moi.

Rube peut l'être quand il est sur le ring, me dis-je.

Il est beau, et cependant féroce. Il est magnifique, et cependant dangereux. Etc.

J'arrive juste à temps pour le dîner.

À table, elle est à mes côtés. Stephanie. Steph. Des yeux d'azur. Des poignets et des doigts si délicats. Un océan de cheveux sombres. Et son amour pour les beaux chiens.

Elle sera peut-être là demain.

Elle sera peut-être là.

Stephanie.

Je déconne, non ?

Cameron Wolfe.

Cameron Wolfe et une fille qui lui a juste montré un tout petit peu d'intérêt. Et il est déjà amoureux d'elle. Déjà prêt à la supplier et à lui promettre de la traiter avec dévotion et de faire tout ce qu'elle voudra. Prêt à se donner entièrement.

Ce n'est qu'un garçon parmi d'autres, et c'est la souffrance qui l'attend, pas la béatitude à laquelle il aspire.

Mais est-ce que cette fois, ce sera différent ?

Est-ce possible ?

Est-ce que ça arrivera ?

Je ne sais pas.

J'anticipe. Je fais des plans sur la comète. J'y pense toute la nuit. Même dans mon lit, elle est sous la couverture avec moi.

De l'autre côté de la chambre, Rube compte à nouveau son argent.

Il l'étale devant lui et le regarde longuement comme s'il essayait de se convaincre de quelque chose.

Je regarde moi aussi, curieux de savoir ce qu'il voit vraiment

« Tu vois cet argent ? me demande-t-il. Ce n'est pas juste trois cent cinquante dollars. » Il fixe les billets. « Ça représente sept victoires. »

« Hé, Rube ? »

Pas de réponse.

« Hé, Rube ? Rube ? »

Ce soir, il n'y a qu'elle et moi sous ma couverture.

Et des images.

Projetées sur le plafond tandis que l'espoir grandit en moi.

La nuit noire se pare de fragments d'or comme la promesse d'un futur radieux.

Une dernière tentative :

« Hé, Rube ? Rube ? »

Toujours pas de réponse.

Il ne me reste plus qu'à espérer que demain je fasse un beau combat et qu'elle soit là.

« Mais elle déteste les combats, me dis-je. Alors pourquoi viendrait-elle ? »

Une autre question :

« Est-ce qu'elle viendrait juste pour me voir ? »

Des visions partout.

Et aucune réponse.

Pourtant, au cœur de la nuit, dans l'obscurité, Rube dit quelque chose de très curieux. Quelque chose que je ne comprendrai que bien plus tard.

« Tu sais, Cam, tout bien réfléchi, je crois que je préfère ton argent au mien. »

Et je reste allongé dans mon lit à réfléchir sans dire un mot. Juste à réfléchir.

13

Parfois, j'aimerais avoir des poings plus efficaces. Des poings plus rapides, des bras plus rapides et des épaules plus robustes. D'habitude, je pense à ce genre de choses dans mon lit, mais aujourd'hui, je suis dans les vestiaires, attendant qu'on m'appelle pour le match. Je ne sais pas trop. Je voudrais juste qu'on m'admire. J'aimerais pouvoir traverser la foule et monter sur le ring pour gagner, pas simplement pour me battre.

« Cameron. »

J'aimerais pouvoir regarder mon adversaire droit dans les yeux et lui dire que je vais le tuer.

« Cameron. »

Après l'avoir expédié au tapis, j'aimerais pouvoir m'approcher de lui et lui ordonner de se relever.

« Cameron ! »

Finalement, Rube réussit à se frayer un chemin à travers mes pensées. Il me frappe l'épaule et fait irruption dans mon esprit. Mais je reste assis, frissonnant dans mon coupe-vent. Mes gants pendent au bout de mes bras comme deux poids morts. J'ai l'impression que je vais m'effondrer.

« Tu vas te battre, oui ou merde ? » demande Rube en me secouant.

Elle est là, me dis-je. Et pour une fois je le dis vraiment. À mon frère. À voix basse :

« Elle est là, Rube. »

Il me regarde plus attentivement en se demandant de qui je parle.

« Elle est là, je répète.

— Mais qui ?

— Cette fille, Stephanie, tu vois qui c'est ?

— Qui ça ? »

À quoi bon lui expliquer ! je m'exclame intérieurement. Et pourtant, je continue :

« Steph... la fille de la course de chiens.

— Et alors ? »

À présent en rogne, il est à deux doigts de me

prendre par la peau du cou et de me jeter dans la foule.

« Alors… tout. » Je suis toujours dans les vapes, complètement épuisé. « Je l'ai aperçue il y a quelques minutes quand j'ai jeté un coup d'œil dans la salle. »

Rube s'éloigne.

« Nom de Dieu ! »

Il s'éloigne encore puis revient vers moi, calmé.

« Sors d'ici.

— OK. »

Mais je ne bouge toujours pas.

« Dehors, répète-t-il en gardant son calme.

— D'accord. »

Et là, je comprends que je dois y aller.

Je me lève, les portes sont grandes ouvertes et je traverse la foule. Tous les spectateurs ont le même visage : celui de Stephanie.

Tout est flou.

Confus.

Il y a Perry qui crie.

L'arbitre.

Pas de coups bas, les gars.

Un combat fair-play.

D'accord.

Vas-y.

Ne t'écroule pas.

Si tu t'écroules, relève-toi.

La cloche, les poings, le combat.

Ça commence et le premier round, c'est la mort.

Le deuxième round, c'est le cercueil.

Le troisième round, c'est l'enterrement.

Mon adversaire n'est pas si doué que ça, mais je ne suis pas dans le match aujourd'hui. J'ai tellement peur de perdre que j'ai déjà accepté la défaite. Je me suis totalement abandonné à cette idée, un peu comme si je n'essayais même pas de me défendre pour ne pas aggraver la situation.

« Lève-toi ! »

J'entends la voix déformée de Rube quand je tombe pour la première fois. Je suis au sol. Je ne sais pas trop comment, mais je réussis à me relever.

La deuxième fois, seul le regard de Rube m'aide à me redresser. Mes jambes me font souffrir et je titube en direction des cordes. Je tiens bon. Je tiens bon.

La troisième fois, je la vois. Et je ne vois qu'elle. Le reste de la foule disparaît et seule Stephanie est en train de me regarder. À part elle, la salle est vide. Ses yeux d'un bleu de mer sont étincelants et sa présence me donne la force de me relever.

Je l'entends dire : « Je n'y vais que parce que les chiens sont magnifiques. »

Quelles étranges paroles, me dis-je, avant de réaliser que c'est la voix d'hier que j'entends. Aujourd'hui, elle reste silencieuse et me fixe du regard, l'air grave, tandis que je me redresse tant bien que mal.

Dans le quatrième round, je réagis un peu et je contre-attaque.

J'essaye de maintenir ma tête hors de portée des poings de l'autre mec et je réussis à envoyer quelques coups. Mais le sang macule déjà ma poitrine et mon ventre. Il coule même jusque dans mon short.

Du sang de chien.

Mais est-ce le sang d'un beau chien ?

Personne ne pourra me le dire parce que dans le cinquième round, je m'écroule. Et cette fois, impossible de me relever. Je suis bel et bien KO, complètement inconscient.

Alors que je suis dans les pommes, l'image de Stephanie emplit mon esprit.

Nous sommes au stade, dans les gradins, et elle m'embrasse. Elle s'approche de moi et elle sent si bon. C'est presque insupportable. Moi, caressant d'une main son visage et agrippant nerveusement le col de sa chemise de l'autre. Elle, ses lèvres posées sur les miennes, sa main remontant lentement le long de ma poitrine. Doucement, si doucement.

Ses lèvres.

Ses hanches.

Son pouls à l'unisson du mien.

Doucement, si doucement.

Si...

« Doucement, doucement. » J'entends la voix de Rube. « Vas-y mollo avec lui. »

Merde, je suis réveillé !

Réveillé et honteux.

Au bout d'un moment, je suis à nouveau debout, mais seulement parce que Rube et Bumper – qui a gentiment sauté sur le ring pour venir nous aider – me soutiennent.

« Ça va, petit ? me demande Bumper.

— Ouais, je mens. Ça va. »

Rube et lui m'aident à sortir du ring.

Dans la salle, il fait plus sombre qu'avant et je ne vois plus rien. Ce soir, la honte s'est déversée sur moi tandis que la lumière des spots me frappe de plein fouet. Elle m'irrite les yeux. Elle m'aveugle.

Une fois hors du ring, je m'arrête. Je sens qu'il le faut.

« Qu'est-ce qu'il y a ? me demande Rube. Allez, Cam, on doit te ramener dans les vestiaires.

— Non, dis-je, je dois marcher tout seul. »

Rube me fixe longuement, intensément, et finit par comprendre. Il me lâche la main et hoche la tête avec une grande solennité. Cette sensation me porte, m'envahit tout entier, et je réussis à avancer seul.

Rube et Bumper marchent à mes côtés et la foule demeure silencieuse. Le sang sèche sur ma peau. Mes jambes me soutiennent. Je fais un pas en avant. Puis un autre. *Continue à marcher,* me dis-je. *La tête haute, la tête haute, mais reste concentré sur tes pieds. Ne tombe pas.*

Il n'y a aucun applaudissement.

Les spectateurs se contentent d'observer.

Stephanie est là, quelque part. Elle me regarde elle aussi.

Une lueur de fierté brille dans les yeux de Rube tandis qu'il marche près de moi.

« La porte », ordonne-t-il à Perry.

Perry s'exécute. Une fois la porte passée, je tombe à nouveau. J'avale mon sang et esquisse un sourire en me tournant vers le plafond. J'ai l'impression qu'il s'écroule sur moi, m'écrase, se relève, retombe et ainsi de suite.

« Rube ! » j'appelle, mais il semble être à des kilomètres. Rube... Je hurle à présent. « Rube, t'es là ?

— Je suis là, frérot. »

Frérot.

Ça me fait sourire.

« Merci, Rube, je lui dis. Merci.

— Y a pas de quoi, frérot. »

À nouveau *frérot*.

À nouveau un sourire sur mes lèvres.

« Est-ce que j'ai gagné ? je demande parce qu'à présent je ne sens plus rien et j'ai l'impression de ne faire qu'un avec le plancher.

— Non, mon pote. » Il ne mentira pas. « Tu t'es fait salement amocher.

— C'est vrai ?

— Ouais. »

Peu à peu, je reprends conscience. Je m'essuie le visage et regarde le combat de Rube à travers un trou dans la porte. Bumper me remplace dans son coin mais mon frère n'a pas besoin de lui. J'aperçois Stephanie ballottée par la foule. Elle n'observe le match que lorsque Rube met son adversaire KO dans le deuxième round. Je la vois qui sourit... un sourire magnifique. Mais ce n'est pas le même que sur les gradins. Ce sourire-là ne m'est pas destiné. Je me suis abîmé dans ce sourire. J'ai disparu dans l'azur de ses yeux. Et à présent, je me souviens qu'elle n'aime pas les combats.

Le match s'arrête un peu après, au cours du même round.

Et la fille cesse d'exister deux minutes plus tard.

Elle cesse d'exister pour moi quand Rube passe à côté d'elle et qu'elle lui parle. Rube hoche la tête et je me demande : *A-t-elle demandé comment allait Cameron ? Est-ce qu'elle veut me voir ?*

Mais je crois connaître la réponse. Son regard ne peut pas m'être destiné.

Ou serait-ce possible ?

Je serai bientôt fixé car durant le combat suivant, Rube sort par la porte donnant sur l'extérieur. Je tends l'oreille et c'est à elle qu'il parle, j'en suis certain. À Stephanie.

Je m'approche de la porte. Je suis trop près, je le sais bien, mais je ne peux pas m'en empêcher. Il faut que je sache.

« Tu veux savoir si mon frère va bien, c'est ça ? » demande Ruben.

Silence.

« C'est bien ça ?

— Il va bien ? »

Pendant un bref instant, je suis submergé par le son de sa voix qui m'apaise et me caresse jusqu'à ce que Rube comprenne la situation.

« Tu t'en fous, hein ? dit-il d'un ton dur.

— Mais pas du tout !

— Si, tu t'en fous. » Rube s'est fait son idée. « T'es venue pour moi, hein, c'est ça ? » Une pause. « Alors ?

— Mais non, je...

— Écoute, il y a des filles bien sur terre mais je

peux t'assurer qu'elles ne sont pas ici. Elles ne viennent jamais rôder près de la sortie pour se faire baiser contre un mur uniquement parce qu'elles croient que je suis dur et fort ! » Il est en colère à présent. « Ces filles bien sont chez elles et elles rêvent de mecs comme Cameron ! Elles rêvent de mon frère ! »

La réponse de Stephanie me donne un coup au cœur.

« Mais Cameron est un loser. »

Un coup violent.

« Peut-être, mais tu sais quoi ? C'est un loser qui t'a raccompagnée chez toi hier soir alors que je m'en fichais complètement. Putain, t'aurais pu te faire agresser ou violer, ça ne m'aurait fait ni chaud ni froid. » La voix de Rube est cinglante. « Cameron, mon frère, il meurt d'envie de te faire plaisir. Il veut te traiter avec respect. » Il la pousse dans un recoin. « Il est prêt à se battre pour toi, sans même utiliser ses poings. Prêt à payer de son sang. Prêt à t'aimer à la folie et à prendre soin de toi. T'as conscience de ça ? »

Tout est silencieux.

Rube, Steph, la porte, moi.

« Mais si tu veux baiser avec moi, reprend-il en la poussant à nouveau, alors allons-y. Tu vaux aussi peu que moi mais tu n'es pas à sa hauteur. Tu n'est pas digne de mon frère... »

Il vient d'expédier son dernier coup et à présent, je sens leur présence derrière la porte. C'est comme si je voyais la scène : Rube la fixe et Stephanie évite de croiser son regard. Peu après, j'entends des bruits de pas. Puis un fracas, au loin.

Rube est seul.

Il est dehors.

Je suis dedans.

« Toujours après moi, dit-il en se parlant à lui-même. Et tout ça pour quoi ? Je ne suis même pas un... »

J'ouvre la porte.

Je m'approche et m'appuie contre le mur, à côté de lui.

Je réalise que je pourrais le haïr ou être jaloux parce que Steph voulait sortir avec lui et pas avec moi. Je pourrais repenser avec amertume à sa question d'hier : « Est-ce que Ruben se bat aussi bien qu'on le dit ? » m'a-t-elle demandé. Pourtant, je ne ressens rien d'aussi terrible. Je suis seulement en train de me dire que j'aurais aimé avoir la présence d'esprit de lui répondre autre chose. J'aurais dû dire : « Est-ce qu'il se bat bien ? Je ne sais pas... mais c'est un frère formidable. »

Voilà ce que j'aurais dû répondre.

« Salut, Rube.

— Salut, Cameron. »

On reste dehors contre le mur. Au loin, le soleil crie de douleur. L'horizon l'avale lentement et finit par le dévorer entièrement. Toute la ville l'observe, y compris mon frère et moi.

« Tu crois qu'il existe vraiment une fille comme celle dont tu as parlé ? je demande. Une fille qui m'attend ?

— Peut-être. »

Le feu et le sang se mélangent à présent dans le ciel.

« Est-ce que tu le crois vraiment, Rube ?

— Il y en a forcément... T'es peut-être un peu pouilleux et pas vraiment un gagnant, mais... »

Il ne finit pas sa phrase. Il regarde juste la nuit tomber et il me faut imaginer ce qu'il allait dire. J'espère que c'était quelque chose du genre « mais tu as un cœur en or » ou « mais tu es un vrai gentleman ».

Pourtant, on n'échange plus un mot.

Peut-être que le silence exprime plus que nos paroles.

14

Quand on est adossés à un mur et que le soleil est en train de se coucher, il arrive parfois qu'on reste là à regarder sans rien faire. On a le goût du sang dans la bouche, mais on ne bouge pas. Comme je l'ai déjà dit, on laisse parler le silence. Puis on rentre.

« Vingt dollars de pourboire, m'informe Perry en me tendant un sac lorsque tous les combats sont terminés.

— Hmm, je fais. On me l'a donné parce qu'on a eu pitié de moi.

— Tais-toi », m'avertit Perry.

Il donne toujours l'impression de vous donner un

avertissement. Cette fois, il me demande simplement de me taire et de prendre l'argent comme un compliment.

« Tu dois cet argent à ton courage, intervient Bumper. Marcher à travers la foule comme tu l'as fait... respect ! Le public a apprécié ton attitude bien plus que ma victoire ou celle de Rube. Plus encore que nos deux victoires réunies. »

Je prends l'argent.

« Merci, Perry.

— Encore quatre combats, me dit-il, puis tu arrêtes pour la saison, OK ? Tu mérites une pause. »

Puis il nous tend une feuille de papier sur laquelle figure le classement des boxeurs. Dans l'autre main, il tient le tirage au sort. Sur la feuille, il indique la position de Rube.

« Tu vois, tu as commencé avec trois combats de retard, mais tu es toujours premier. Tu es le seul à ne pas avoir perdu un seul combat. »

Rube pointe le doigt sur le deuxième nom du classement.

« Qui est Harry Jones ?

— Tu l'affrontes la semaine prochaine.

— Il est bon ?

— Tu le battras facilement.

— Ah ouais ?

— Regarde, il a déjà perdu deux matchs. Dont un contre le type que tu viens de battre ce soir.

— Vraiment ?

— Tu crois que je te mentirais ?

— Non.

— Alors ferme-la, déclare Perry en souriant. Les demi-finales auront lieu dans seulement quatre semaines. » Son sourire disparaît. Il est très sérieux tout à coup. « Toutefois...

— Quoi ? demande Rube. Quoi ? »

Perry nous attire tous les deux à l'écart. Il parle lentement et d'un ton franc. Jamais je ne l'ai entendu parler comme ça.

« Il y a juste un petit problème... il s'agit de la dernière semaine de la saison, juste avant les demi-finales. »

Rube et moi, on regarde le tirage au sort avec attention.

« Voyez ? dit Perry avec le doigt posé sur la quatorzième semaine. J'ai décidé d'être un peu salaud. »

Je vois.

Et Rube aussi.

« Oh, mec ! » je m'écrie.

Juste sous nos yeux, pour la quatorzième semaine des poids légers, il est écrit : « WOLFE *vs* WOLFE ».

« Désolé, les gars, poursuit Perry, mais je n'ai pas

pu empêcher cela. Un match entre frères, ça excite vachement les gens. Et je voulais que la quatorzième semaine avant les demi-finales soit mémorable. » Il parle toujours avec franchise. Pour lui, c'est une discussion professionnelle. « Rappelez-vous, je vous avais prévenus qu'il y avait une chance que ça arrive. Vous avez répondu que cela ne posait pas de problème.

— Vous ne pouvez pas truquer le tirage au sort ? demande Rube. Vous ne pouvez pas modifier les matchs ?

— Non, et à dire vrai, je n'en ai aucune envie. Le seul point positif, c'est que le match aura lieu ici. »

Rube hausse les épaules.

« Bon... alors d'accord. » Mon frère me regarde. « Ça t'embête, Cam ?

— Non, pas vraiment.

— Bien, conclut Perry. Je savais que je pouvais compter sur vous. »

Une fois nos affaires rangées, Perry nous propose comme d'habitude de nous raccompagner à la maison. Comme je suis encore sonné par le combat, sa voix résonne bizarrement dans ma tête.

« Non merci, répond Rube. Pas ce soir. Je crois qu'on va marcher un peu. » Il se tourne vers moi. « Cam ?

— Ouais, pourquoi pas ? » dis-je même si je suis

en train de penser : *T'es complètement cinglé ou quoi ? Ma tête semble tout droit sortie d'un mixeur !* Mais je n'ajoute rien. Je crois que je suis même plutôt content de rentrer à pied avec Rube.

« Comme vous voudrez, conclut Perry. À la semaine prochaine, les mecs ?

— Bien sûr. »

On sort par la porte de derrière et ce soir, personne ne nous attend. Pas même Stephanie. Il n'y a plus que la ville, le ciel et les nuages qui tournoient dans l'obscurité croissante.

À la maison, je fais de mon mieux pour cacher mon visage tuméfié. J'ai un œil au beurre noir, les pommettes enflées et la lèvre coupée et maculée de sang. Je mange ma soupe de pois caché dans le coin le plus sombre du salon.

Les jours suivants passent tant bien que mal.

Rube laisse pousser son bouc.

Papa cherche toujours du travail.

Sarah travaille et ne sort qu'une ou deux fois pour aller chez sa copine Kelly. Elle ne se bourre plus la gueule et, le mercredi, elle rentre même avec les poches pleines à craquer d'argent gagné en faisant des heures supplémentaires.

Steve nous rend visite une fois pour repasser des chemises.

« Tu n'as donc pas de fer à repasser ? lui demande Rube.

— À quoi ça ressemble ?

— J'en conclus que tu n'en as pas.

— Eh bien, figure-toi que, effectivement, je n'en ai pas.

— Tu devrais peut-être t'en acheter un, espèce de radin.

— Qui est-ce que tu traites de radin ? Tu ferais mieux d'aller te raser.

— T'as pas les moyens d'acheter un fer à repasser ? Ça ne doit donc pas être si facile de vivre seul.

— Ça, tu peux le dire ! »

Ce qu'il y a de curieux, c'est que tandis qu'ils se disputent, Rube et Steve n'arrêtent pas de rigoler. Sarah pouffe de rire dans la cuisine et moi, je souris bêtement. Nous autres adolescents sommes spécialistes de ce genre de choses.

Mrs Wolfe est de repos aujourd'hui.

Ce qui signifie qu'elle a le temps de remarquer les coupures et les bleus sur mon visage. Au cours de l'après-midi, alors que je mange des corn flakes, elle me coince dans la cuisine. Je vois qu'elle m'observe.

Elle appelle.

Elle prononce un mot :

« Rube ! »

Pas trop fort. Pas d'un ton paniqué. Juste d'une voix qui exige qu'il arrive sur-le-champ.

« C'est l'entraînement de boxe ? demande-t-elle.

— Non, répond Rube en s'asseyant.

— Vous vous êtes encore battus dans le jardin ?

— Oui, ment-il avec un grand sang-froid. C'est ça. »

Mrs Wolfe se contente de soupirer. Et le pire, c'est qu'elle nous croit. C'est toujours affreux lorsque les gens vous croient alors qu'ils ne devraient pas. On a envie de leur crier que tout est faux afin de se sentir un peu moins coupable.

Mais on ne le fait pas.

On ne veut pas les décevoir.

Il est trop difficile de s'avouer qu'on manque de tripes, trop difficile d'expliquer aux autres que l'on est indigne de leur confiance.

Il est impossible d'accepter d'être minable à ce point.

Le truc, c'est qu'on s'est *effectivement* battus dans le jardin, même si c'était pour s'entraîner pour les vrais combats. Rube n'a pas vraiment menti, donc, mais il n'a pas dit la vérité non plus.

Et je sens que je suis sur le point de le faire.

Je suis à deux doigts de tout raconter à maman : Perry, la boxe, l'argent, tout. Mais j'y renonce en voyant la tête inclinée de mon frère. En l'observant, je sais qu'il a un but. Il s'en approche et je ne peux me résoudre à lui arracher cela.

« Désolé, maman.

— Désolé, maman. »

Désolé, Mrs Wolfe.

Pour tout.

On te rendra fière une autre fois.

Oui, on le fera.

On te le doit.

« Vous savez, poursuit-elle, vous devriez prendre soin l'un de l'autre, les garçons. »

Et je réalise alors l'ironie de la situation, car malgré nos mensonges, on prend soin l'un de l'autre. Mais ce faisant, on laisse notre mère à l'écart. Et c'est cela qui nous fait le plus mal.

« Ça avance, la recherche d'emploi ? » demande Steve à papa.

Je les entends clairement. Ils sont dans le salon.

« Non, pas vraiment. »

Je m'attends à ce qu'ils se disputent au sujet des indemnités chômage mais la discussion ne va pas plus loin. Steve n'insiste pas car il ne vit plus ici à présent. Il se contente de fixer papa et de nous dire au revoir. Mais en le voyant, je sais qu'il pense : *Cela ne m'arrivera jamais. Je ferai tout pour que cela ne m'arrive jamais.*

Le vendredi, une journée qui commence comme toutes les autres se révèle finalement très importante pour moi.

Rube et moi allons courir et il est à peine sept heures à notre retour. Comme d'habitude, nous portons de vieux sweat-shirts, des pantalons de jogging et des baskets. Le ciel est changeant, chargé de nuages mais avec un horizon d'un bleu lumineux. On arrive devant notre portail et Sarah est là.

« Est-ce que vous avez vu papa ? demande-t-elle. Il a disparu.

— Non, je réponds en me demandant quelle importance cela peut bien avoir. Papa se promène souvent ces derniers temps.

— Oui, mais pas aussi tôt. »

Maman sort de la maison.

« Je ne trouve pas son costume », annonce-t-elle, et instantanément, on comprend de quoi il retourne.

Il est là-bas. Il attend. Il est allé demander l'allocation chômage.

« Non. »

Quelqu'un prononce ce mot.

Et le répète.

Pour se convaincre que ce n'est pas vrai.

« Impossible », et je réalise que c'est moi qui ai parlé parce que dans l'air matinal de la vapeur blanche est sortie de ma bouche.

« On ne peut pas le laisser faire ça », dis-je.

Pas parce qu'on a honte de lui. Ça, sûrement pas. Mais parce qu'on sait qu'il lutte depuis très longtemps contre cette idée et que pour lui, cela signifie perdre sa dignité.

« Amène-toi », intervient Rube en me tirant par la manche.

Il explique à maman et à Sarah qu'on sera bientôt de retour puis on détalle.

« Où est-ce qu'on va ? » je demande en haletant.

Mais je connais déjà la réponse, avant même que l'on arrive chez Steve. Essoufflés par la course, on attend quelques secondes le temps de reprendre nos forces. Puis on l'appelle.

« Hé, Steve ! Steven Wolfe ! »

Des gens nous hurlent de la fermer mais Steve apparaît bientôt en sous-vêtements au balcon de son appartement. Son visage semble dire : *Qu'est-ce que vous foutez là, bande de petits cons ?* Mais voilà ce qu'il nous répond :

« Je pensais bien que c'était vous, les gars. » Puis il s'énerve quand même. « Qu'est-ce que vous faites ici, putain ? Il est sept heures du matin ! »

Un voisin se met à gueuler : « Bordel, mais qu'est-ce qui se passe ? »

« Alors ? demande Steve.

— C'est... c'est papa, répond Rube.

— Qu'est-ce qu'il a ?

— Il... » Putain, je suis encore essoufflé. « Il est là-bas. » Je tremble. « Il est allé s'inscrire au chômage. »

Le visage de Steve exprime le soulagement :

« Il était temps. »

Mais Rube et moi, on le regarde fixement pendant un bon moment, et il finit par comprendre. Il comprend qu'on le supplie, qu'on crie à l'aide, qu'on a besoin de toute la famille, que...

« Ah, putain de merde ! » s'écrie Steve en crachant les mots.

Une minute plus tard, il court avec nous avec son vieux survêtement de foot et ses chaussures de course.

« Vous ne pouvez pas courir un peu plus vite, les gars ? » se plaint-il, histoire de se venger parce qu'on l'a tiré du lit et humilié devant ses voisins.

« Vous me payerez ça, les gars, ajoute-t-il en serrant les dents. Je vous le promets. »

Rube et moi, on court en silence. Quand on arrive devant la maison, Sarah et maman sont habillées. Elles sont prêtes. On marche tous ensemble.

Au bout d'un quart d'heure, on arrive devant l'agence pour l'emploi. Près de la porte, il y a un homme, et cet homme, c'est notre père. Il ne nous voit pas, mais nous avançons vers lui. Tous ensemble. Seuls face à lui.

Le visage de Mrs Wolfe exprime la fierté.

Sarah a les larmes aux yeux.

Steve étudie le visage de papa et réalise finalement que, dans sa situation, il aurait fait preuve du même entêtement.

Rube.

Quant à moi, je regarde mon père, assis tout seul dans la salle, et j'essaye d'imaginer le sentiment d'échec qu'il éprouve. Son pantalon noir est un peu court au niveau des chevilles et laisse apparaître ses chaussettes de sport.

Quand on entre, il lève les yeux vers nous. Il a fière allure, mon père. Pourtant aujourd'hui il a l'air abattu, défait. Brisé.

« Je me suis dit que j'allais venir ici de bonne heure, explique-t-il. C'est à peu près l'heure à laquelle je pars travailler en temps normal. »

On se rassemble autour de lui. Et c'est finalement Steve qui prend la parole :

« Salut, papa.

— Salut, Steven », répond mon père en souriant.

Et c'est tout. On ne prononce pas un mot de plus, contrairement à ce que vous pourriez croire. Rien de plus, si ce n'est qu'on ne le laissera pas faire. Et papa le sait parfaitement.

Il se lève et on continue le combat.

Sur le chemin du retour, Rube s'arrête à un moment donné. Je m'arrête aussi et on regarde les autres marcher.

« Tu vois, me dit-il en désignant papa du doigt, ça c'est Clifford Wolfe-le-Battant. » Puis il me montre maman et notre sœur. « Et là, c'est Mrs Wolfe-la-Battante et Sarah Wolfe-la-Battante. Et ces derniers temps, on peut même parler de Steven Wolfe-le-Battant. Et puis il y a Cameron Wolfe-le-Battant.

— Et toi ?

— Moi ? répond-il d'un ton interrogatif. On m'a donné ce nom mais je ne sais pas si je le mérite. » Il me regarde droit dans les yeux. « Moi aussi, j'ai peur, Cam.

— De quoi ? »

De quoi mon frère peut-il avoir peur ?

« Que se passera-t-il le jour où je perdrai un combat ? » demande-t-il finalement.

C'est donc ça...

Rube est un gagnant.

Mais il ne veut pas l'être.

Il veut avant tout être un combattant.

Comme nous.

Pour combattre la peur de perdre un combat.

Pour le rassurer, je réponds à sa question :

« Tu te battras quoi qu'il arrive, exactement comme nous.

— Tu crois ? »

Mais on n'en sait pas plus l'un que l'autre parce qu'un combat ne vaut rien si on sait d'avance que l'on va le gagner. C'est l'incertitude qui vous met à l'épreuve. C'est l'incertitude qui fait surgir les questions.

Rube n'a pas encore participé à un combat. Pas à un véritable combat.

« Quand le moment viendra, reprend-il, est-ce que je resterai debout ?

— Je ne sais pas », suis-je obligé d'admettre.

Il préférerait mille fois être un combattant parmi les Wolfe qu'être un gagnant aux yeux du monde.

« Explique-moi, me supplie-t-il. Explique-moi comment on fait. »

Mais nous savons lui et moi qu'il existe des choses qu'on ne peut ni expliquer ni enseigner.

Un combattant peut être un gagnant, mais cela ne signifie pas qu'un gagnant soit forcément un combattant.

« Hé, Rube

— Ouais ?

— Pourquoi tu n'es pas satisfait d'être un gagnant ?

— Quoi ?

— Tu m'as parfaitement entendu.

— Je ne sais pas. » Il réfléchit un instant. « Enfin, si, je sais.

— Et alors ?

— Primo, si tu es un Wolfe, tu dois être capable de combattre. Secundo, la victoire est toujours de courte durée parce que quelqu'un peut toujours te battre. » Il reprend son souffle avant de poursuivre. « Mais si tu as appris à combattre, tu sauras toujours te battre même si tu reçois une raclée.

— À moins d'abandonner.

— Ouais, mais n'importe qui peut te faire perdre ton statut de gagnant. Par contre, toi seul décides d'arrêter de combattre.

— J'imagine.

— De toute façon... » Rube décide de mettre un terme à la discussion. « Combattre est plus difficile. »

15

Comme je l'ai dit plus tôt, c'est dans quatre semaines que je me bats contre mon frère. Ruben Wolfe-le-Battant. Je me demande comment ça va se passer et ce que je vais ressentir. Que vais-je éprouver en me battant contre lui, non pas dans notre jardin, mais sur un ring éclairé par des spots et entouré par des spectateurs survoltés attendant que le sang coule ? Le temps nous le dira, ou du moins ces pages s'en chargeront.

Papa est attablé dans la cuisine, seul, mais à présent, il a l'air moins abattu qu'auparavant. On dirait qu'il est de nouveau dans la course. Il a touché le fond et il remonte. J'imagine que lorsqu'on perd sa fierté ne serait-ce qu'un instant, on réalise l'importance qu'on lui accorde. Son regard a retrouvé sa force. Et ses cheveux frisés tombent en boucles sur ses sourcils.

Rube est très calme en ce moment.

Il passe pas mal de temps dans le sous-sol que Steve a quitté, comme vous le savez déjà. Maman a proposé à chacun d'entre nous d'en faire sa chambre, mais on a tous refusé. On a prétexté qu'il y faisait froid. Je pense que les Wolfe qui restent à la maison sentent qu'il est temps de se serrer les coudes. J'ai ce sentiment depuis que Steve est parti. Mais je ne pourrais pas l'exprimer à voix haute. Par exemple, je n'avouerai jamais à Rube que j'ai refusé de m'installer dans le sous-sol parce que j'avais peur de m'y sentir seul. Ou parce que nos conversations et sa manie de me taquiner tout le temps allaient me manquer. Ou encore, même si c'est horrible à dire, parce que j'allais regretter l'odeur de ses chaussettes et le bruit de ses ronflements.

Pas plus tard que la nuit dernière, j'ai essayé de le réveiller parce que ses ronflements nuisaient gravement à ma santé. Je parle de la privation de sommeil. Il a fallu que j'attende qu'il reprenne son rythme de pendule pour réussir à m'endormir. L'influence hypnotique des ronflements de Ruben

Wolfe… mouais… Je sais bien que ce n'est pas l'idéal mais on finit par s'habituer à ce genre de choses. Et quand elles viennent à nous manquer, on se sent bizarre, comme si on n'était plus vraiment soi-même.

Finalement, c'est Mrs Wolfe elle-même qui a investi le sous-sol. Elle y a installé une sorte de bureau où elle remplit ses feuilles d'impôts.

Mais samedi soir, c'est Rube que je trouve là, assis sur le bureau, les pieds posés sur la chaise. Le lendemain, il doit affronter Harry Jones-le-Puncheur. Je tire la chaise de sous ses pieds et je m'assieds.

« T'es bien installé ? me dit-il en me lançant un regard furieux.

— Ben ouais, elle est vachement confortable, cette chaise.

— Ne t'inquiète surtout pas pour mes pieds, poursuit-il. À cause de toi, ils pendent dans le vide.

— Oh, mon pauvre petit.

— Exactement. »

Je vous jure !

Les frères…

On est vraiment bizarres.

À la maison, Rube ne remuera pas le petit doigt pour moi, mais dehors, il me défendra au péril de sa vie. Le plus effrayant, c'est que je suis comme lui. Et apparemment, tous les frères sont comme ça.

On reste un long moment sans parler ni se regarder. Je fixe une tache sur le mur et je me demande : *Putain, qu'est-ce que c'est que ce truc ?* Je sens que Rube a hissé ses pieds sur le bureau et posé son menton sur ses genoux. J'imagine qu'il regarde le vieil escalier en ciment.

« Harry-le-Puncheur, dis-je finalement.

— Ouais.

— Tu crois qu'il est bon ?

— On sait jamais. »

Puis, totalement à l'improviste, Rube annonce :

« Je vais leur dire. »

Il a parlé sans bouger, sans afficher d'expression particulière. Impossible de croire qu'il vient de penser à ça. Il semble avoir pris sa décision il y a déjà longtemps.

Le seul problème, c'est que je ne sais absolument pas de quoi il parle.

« Dire quoi ? je demande. Et à qui ?

— T'es vraiment bête ou quoi ? dit-il en se tournant vers moi avec agressivité. À papa et maman, pauvre minable !

— Je ne suis pas un minable. »

Je déteste quand il m'appelle comme ça. *Minable.* Je crois que je préfère encore être traité de *pédé.*

« Tu sais quoi, poursuit-il d'un ton agacé, je vais

tout dire à papa et maman à propos de la boxe. J'en ai marre de cette partie de cache-cache. »

Je reste silencieux un moment.

Je réfléchis à ce que Rube vient d'annoncer.

« Quand est-ce que tu vas leur dire ?

— Avant notre combat.

— T'es malade ou quoi ?

— Qu'est-ce que ça peut te faire ?

— Ils vont nous interdire de nous battre et Perry va nous tuer.

— Non » Il a un plan. « Mais on va leur promettre que ce sera notre dernier combat l'un contre l'autre. »

Est-ce en rapport avec la volonté de Ruben de livrer un vrai combat ? En l'annonçant à papa et maman ? En leur disant la vérité ?

« De toute façon, ils ne peuvent pas nous l'interdire, reprend-il. Mieux vaut qu'ils nous prennent pour ce que nous sommes. »

Ce que nous sommes.

Je répète cette phrase dans ma tête.

Ce que...

Puis je pose la question :

« Et qu'est-ce que nous sommes ? »

Rube reste muet.

Qu'est-ce que nous sommes ?

Qu'est-ce que nous sommes ?

Ce qui est étrange avec cette question, c'est qu'il n'y a pas si longtemps, on savait exactement ce qu'on était : des voyous, des boxeurs de jardin, des adolescents, quoi, et ces termes nous étaient familiers. Ce qui nous posait problème, c'était plutôt de savoir *qui* on était. Les mots Ruben et Cameron Wolfe demeuraient pour nous un mystère. On ne savait vraiment pas où on allait.

Mais peut-être que je me trompe complètement.

Peut-être que savoir qui on est et ce qu'on est, c'est la même chose.

Je ne sais pas...

Tout ce que je sais, c'est qu'à cet instant précis, on veut éprouver un peu de fierté. Pour une fois. On veut prendre part à la bataille et s'élever au-dessus. On veut la vivre et y survivre. On veut l'avaler, la goûter et ne jamais l'oublier. Parce qu'elle nous rendra plus forts.

Puis Rube me sidère littéralement.

Il m'ôte subitement tous mes doutes.

« Ce que nous sommes ? répète-t-il avec un petit rire. Si papa et maman assistent à notre combat, j'ignore ce qu'ils verront exactement, mais ce qui est certain, c'est qu'ils sauront que nous sommes des frères. »

C'est ça !

Voilà ce que nous sommes... c'est peut-être la seule chose dont je puisse être sûr.

Nous sommes des frères.

Avec tout ce que cela implique de bons et de mauvais côtés.

Je hoche la tête.

« On leur dit, t'es d'accord ? dit-il en me regardant.

— Ouais. »

C'est décidé et je dois avouer qu'à présent l'idée m'obsède. J'ai envie de courir le dire à tout le monde sur-le-champ. Pour que ça sorte enfin. Mais au lieu de ça, je me concentre sur ce qui nous attend. Je dois d'abord survivre à trois combats. Je dois assister aux combats de Rube et observer la manière dont ses adversaires se comportent face à lui. Il ne faut surtout pas que je fasse les mêmes erreurs qu'eux. Il faut que je tienne la distance et que j'offre à mon frère un véritable combat, pas juste une victoire supplémentaire.

À ma grande surprise, je gagne mon match suivant... victoire aux points.

Juste après moi, Rube met le Puncheur KO au milieu du quatrième round.

La semaine suivante, je perds au cours du cinquième round mais mon dernier match avant ma rencontre avec Rube est un beau combat. Il a lieu à

Maroubra et, contrairement à mes tout premiers matchs dans l'usine, j'attaque et je frappe sans hésiter. Je n'ai plus peur de recevoir des coups. Peut-être que j'ai fini par m'y habituer. Ou est-ce parce que je sais que ma saison s'arrête bientôt ? Quoi qu'il en soit, mon adversaire refuse d'accomplir le dernier round. Le type tremble de partout et j'ai de la peine pour lui. Je sais ce que c'est d'abandonner juste avant le dernier round. Je sais ce que c'est de devoir se concentrer uniquement sur le fait de rester debout, sans même penser à frapper. Je sais à quel point la peur peut être plus forte que la douleur physique.

Plus tard, en regardant Rube combattre, je remarque quelque chose.

Je découvre pourquoi personne ne peut le battre ou le mettre en difficulté. C'est parce que ses adversaires ne *pensent* même pas qu'ils peuvent gagner. Ils n'y croient pas et ne le désirent pas suffisamment.

Pour lui survivre, je dois *croire* que je suis en mesure de le battre.

C'est plus facile à dire qu'à faire.

« Hé, Cam ?

— C'est pas trop tôt.

— Pas trop tôt pour quoi ?

— Ben, j'attendais que tu commences à parler.

— J'ai quelque chose d'important à te dire.

— Ah bon ?

— Demain, on leur dit tout.

— T'es sûr ?

— Ouais.

— Quand ?

— Après le dîner.

— Où ?

— Dans la cuisine.

— D'accord.

— Maintenant, ferme-la, j'aimerais bien dormir un peu. »

Plus tard alors qu'il commence à ronfler, je le lui dis :

« Je vais te battre. »

Mais, personnellement, je n'en suis pas vraiment convaincu.

16

L'argent est posé sur la table de la cuisine et on le regarde tous. Maman, papa, Sarah, Rube et moi. Tout est là. Les billets, les pièces, absolument tout. Maman soulève légèrement la pile de billets de Rube pour se faire une idée de la somme que cela représente.

« Il y a environ huit cents dollars au total, lui dit Rube. C'est tout ce qu'on a gagné, Cameron et moi. »

À présent, maman se prend la tête dans les mains. Pour elle, ce n'est pas un jeudi soir normal. Elle se lève et se dirige vers l'évier.

« Je crois que je vais être malade », dit-elle en se penchant au-dessus de l'évier.

Papa se lève et s'approche d'elle pour la prendre dans ses bras.

Au bout d'une dizaine de minutes de silence, ils reviennent vers la table. Je crois que cette table de cuisine aura vraiment tout vu. Absolument tous les événements importants ayant eu lieu dans cette maison.

« Depuis combien de temps ça dure exactement ? demande papa.

— Depuis pas mal de temps. On a commencé en juin.

— C'est bien vrai, Cameron ? me demande maman.

— Oui, c'est vrai. »

J'évite son regard. Mais Mrs Wolfe continue à me fixer.

« C'est donc pour ça que tu as tous ces bleus ?

— Oui, dis-je en hochant la tête. On continuait à se battre dans le jardin mais c'était seulement pour s'entraîner. Quand on a commencé, on s'est dit qu'on avait tous besoin de cet argent...

— Mais ?

— Mais je crois que ça n'a jamais vraiment été une question d'argent. »

Rube acquiesce et prend la parole :

« Tu sais, m'man, c'est juste que Cam et moi, on voyait ce qui se passait ici. Ce qui arrivait à la famille. À papa, à toi, à nous tous. On survivait à peine. On ne faisait que maintenir nos têtes hors de l'eau, et... » Rube semble un peu nerveux, il fait de son mieux pour trouver les mots justes. « On voulait faire quelque chose pour retrouver un peu de fierté et avoir les moyens de nous en sortir...

— Même en faisant honte au reste de la famille ? l'interrompt maman

— Honte ? » Rube la défie du regard. « Tu ne dirais pas ça si tu avais vu Cameron se battre, si tu l'avais vu tenir bon pendant un match entier. » Il est à deux doigts de crier à présent. « Tu serais emplie de fierté. Tu dirais aux gens que c'est ton fils qui boxe et qu'il continue à se battre parce que c'est ainsi que tu l'as élevé. »

Maman reste silencieuse.

Son regard se perd dans le vague.

Elle imagine les combats mais ne voit rien d'autre que la douleur.

« Comment pouvez-vous supporter cela ? me demande-t-elle. Supporter cela semaine après semaine ?

— Et *toi,* comment tu fais ? » je réponds.

Et ça marche.

« Et toi, papa, comment tu fais ? » dis-je en me tournant vers mon père.

Voici la réponse :

On continue parce que c'est ainsi. Ne me demandez pas si c'est par instinct, je n'en sais rien. Mais c'est ce que tout le monde fait. Surtout les gens comme nous.

Quand la discussion est presque terminée, je laisse à Rube le soin de porter l'estocade. Il s'exécute :

« Le dernier combat de Cameron aura lieu cette semaine, dit-il avant de reprendre son souffle. Le seul problème... c'est qu'il doit se battre contre moi. On va se battre l'un contre l'autre. »

Silence.

Un silence absolu.

Ensuite, et je vous le dis en toute honnêteté, la nouvelle est plutôt bien prise.

Seule Sarah tressaille.

« Après ça, il y aura les demi-finales, poursuit Rube. Trois semaines de plus au maximum. »

Maman et papa semblent avoir encaissé le coup. Enfin, plus ou moins. *Que pensent-ils ?* Je me demande. Ils doivent se dire qu'ils ont échoué en tant que parents, ce qui est complètement faux. Ils n'y sont pour rien. Rube et moi avons pris seuls notre décision. Si on réussissait, on pouvait être fiers de nous. Si on échouait... on ne pouvait s'en prendre qu'à nous. Mais on ne peut rien reprocher à nos parents. Strictement rien. On ne voulait pas ça et on ne le tolérera pas.

Je m'agenouille près de maman et je l'étreins.

« Je suis désolé, maman, vraiment désolé. »

Désolé.

Est-ce suffisant ?

Est-ce suffisant pour qu'elle comprenne et nous pardonne ?

« On vous promet que ce sera la dernière fois, essaye encore Rube. Après ça, on ne se battra plus jamais l'un contre l'autre.

— C'est vachement réconfortant, déclare Sarah d'un ton ironique. On ne peut pas se battre contre quelqu'un de déjà mort. »

Tout le monde la regarde et écoute mais personne ne dit mot.

La discussion est close.

Un lourd silence plane dans la cuisine jusqu'à ce que nous restions seuls, Rube et moi. Tous les autres s'en vont les uns après les autres. D'abord Sarah, puis papa et enfin Mrs Wolfe. Il ne nous reste plus qu'à attendre le combat.

Durant les jours suivants, je tente encore de me convaincre que je peux battre mon frère. Mais je n'y parviens pas. Le mieux que je puisse faire, c'est croire que je veux le battre afin de survivre.

Quand on part pour l'entrepôt le samedi soir, Mr et Mrs Wolfe nous accompagne. On s'entasse dans la camionnette de papa. Je suis écrabouillé dans le fond.

La camionnette démarre lentement.

Je transpire.

J'ai peur...

Du combat.

De mon frère.

Pour mon frère... pour son combat.

Pendant tout le trajet, pas un mot. Mais quand on arrive à l'entrepôt, papa nous dit : « Ne vous entretuez pas.

— T'inquiète pas. »

Dans les vestiaires, il est décidé que Perry restera dans le coin de Rube. Bumper se tiendra dans le mien.

Il y a plein de monde dans la salle.

Je l'entends et je peux même le voir quand je me rends dans le vestiaire réservé aux « visiteurs ». Je ne cherche pas maman et papa du regard parce que je sais qu'ils sont là et que je dois rester concentré.

Dans le vestiaire miteux, je reste assis un bon moment tandis que d'autres boxeurs vont et viennent. Je tourne en rond. Je suis très nerveux. C'est le match le plus important de ma vie.

Je combats mon frère.

Et je me bats aussi *pour* lui.

À quelques minutes du début, je perds le contact avec le monde extérieur. Je m'étends par terre. Les yeux fermés, les bras le long du corps. Mes gants touchent mes cuisses. Je ne vois et n'entends personne. Je suis seul, retiré en moi-même. Je sens la tension autour de moi, qui se presse contre mon corps. Elle s'infiltre en moi et me soulève...

Je veux le battre, me dis-je. *Je le veux plus que lui.*

Je vois déjà des scènes du combat à venir.

Je vois Rube tentant de trouver une ouverture.

Je veux le battre.

Je me vois en train d'esquiver et de contrer.

Je le veux.

Je me vois, debout, à la fin. Debout à la fin d'un véritable combat. Pas une victoire, ni une défaite, mais un combat. Je vois Rube.

Je le veux plus que lui. Je le répète, je le sais au fond de moi. Je le veux plus, parce qu'il le faut absolument. Parce que...

« C'est l'heure. »

Bumper s'approche, je saute sur mes pieds et regarde droit devant moi. Je suis prêt.

Je perçois la voix de Perry qui hurle, mais seulement pendant une seconde.

Lorsque Bumper pousse la porte, la foule beugle comme d'habitude. Je la vois, je la sens, mais je ne peux l'entendre. Je marche dans ma bulle, uniquement concentré sur le combat.

J'enjambe les cordes.

J'enlève mon coupe-vent.

Je ne vois pas Rube mais je sais qu'il est là.

Mais je le veux plus que lui.

Maintenant.

L'arbitre.

Ses paroles.

Puis le silence.

Je regarde mes pieds.

Je regarde partout sauf en direction de Rube.

Durant les suffocantes secondes qui précèdent le début du combat, j'attends. Je ne lance aucun coup de poing dans le vide pour m'entraîner... je vais avoir besoin de chacun d'entre eux. La peur, la vérité, le futur, tout cela me ronge. Tout cela coule dans mon sang et je suis un Wolfe. Cameron Wolfe.

J'entends la cloche.

Les spectateurs s'emportent.

J'avance et expédie le premier punch. Que je rate. Puis Rube virevolte et me touche à l'épaule. On entre immédiatement dans le match sans période d'échauffement ou round d'observation. Je m'approche, me baisse et frappe. Un puissant direct dans le menton. Le coup lui fait mal. Je le vois parce que *je le veux plus que lui* et qu'il est là pour avoir mal. Il est là pour recevoir des coups et je suis seul sur le ring à en envoyer.

Trois minutes par round.

Ni plus ni moins.

Les poings, la douleur, rester debout.

À nouveau, je sens mon poing heurter le corps de mon frère, mais cette fois, il s'enfonce dans son estomac. En réponse, Rube me colle un direct dans l'œil gauche. On échange des coups pendant presque tout le round. On ne court pas, on ne fuit pas... on frappe. Vers la fin, Rube me sert un puissant punch dans la mâchoire. Ma tête est projetée en arrière et j'ai du mal à reprendre mon souffle. Je suis un peu sonné mais le round s'achève. Je retourne directement dans mon coin.

J'attends.

J'en veux.

Le combat est en train de se dérouler et je veux que Rube comprenne qu'il y participe bel et bien. Le deuxième round doit l'en convaincre.

On attaque sans attendre. Rube m'envoie deux directs qui loupent leur cible. Je suis le mouvement mais je rate mon uppercut. Rube commence à s'énerver un peu. Il essaie de m'envoyer un crochet du gauche et m'offre ainsi une ouverture. Je balance le meilleur punch de ma vie dans sa mâchoire et...

Il titube.

Il titube, je me rue sur lui et le coince dans un coin. Je lui martèle le visage et le blesse à l'œil. À ce moment-là, il se ressaisit et réussit à se dégager en me contrant. Mais ses coups sont peu puissants et je reste hors d'atteinte pendant tout le round. Et une fois encore, je le touche au menton. Un bon coup. Un très bon coup et le round est à moi.

« C'est un match de boxe, lui dis-je. Tu es censé te battre. »

C'est tout ce que je dis et Rube me regarde un moment.

Dans le troisième round, il se montre un peu plus agressif et m'expédie dans les cordes à deux reprises, mais seule une poignée de ses coups atteignent leur cible. Sa respiration est lourde mais, moi aussi, je suis à bout de souffle. Quand la cloche sonne, je simule un regain d'énergie et me précipite sur mon tabouret. Je jette un coup d'œil en direction de Rube alors que Perry est en train de lui parler. Je vois alors le visage de ma mère quand elle se lève le matin, prête à accomplir son service normal plus ses heures supplémentaires. Je vois aussi le visage de mon père le jour où on a été le chercher à l'agence pour l'emploi. Je vois celui de Steve qui se bat dans sa vie et se bat également pour son père en lui disant simplement : « Salut, papa ». Je vois Sarah arrachant le linge avec moi. Et je vois aussi mon propre visage.

« Il a peur de perdre, me dit Bumper.

— Tant mieux. »

Dans le quatrième round, Rube réagit.

Il ne me rate qu'une fois avant de me servir une série de coups puissants. Son poing gauche, qui me cloue dans l'un des coins, est particulièrement efficace. Je ne parviens à toucher sa mâchoire qu'une seule fois. La dernière.

À la fin du round, je suis dans les cordes, sur le point de m'écrouler.

Quand la cloche sonne à nouveau, je retourne d'un pas chancelant vers mon tabouret qui me semble être à des kilomètres de moi. Puis je tombe dans les bras de Bumper.

« Eh, mec », me dit-il mais il est tellement loin. (Pourquoi me paraît-il si lointain ?) « Je crois que tu ne peux pas continuer. Tu as eu ton compte. »

J'en ai conscience mais je réponds :

« C'est hors de question. »

La sonne cloche à nouveau et l'arbitre nous

appelle au centre du ring. La dernière poignée de main avant le dernier round. C'est toujours la même chose... sauf aujourd'hui.

Ce que je vois me fait sursauter.

Est-ce bien vrai ? je me demande... car devant moi, Rube ne porte plus qu'un seul gant de boxe et il me regarde droit dans les yeux. Il ne porte qu'un seul gant, à la main gauche, comme lorsque l'on se battait dans le jardin. Il reste immobile, face à moi, et un léger scintillement éclaire son visage. C'est un Wolfe et je suis un Wolfe et jamais je ne dirai à mon frère que je l'aime. Et lui non plus ne me le dira jamais.

Non.

Car c'est la seule manière de le dire.

La seule manière pour nous d'exprimer notre amour.

Et ce n'est pas rien, cela signifie beaucoup.

Je retourne dans mon coin.

Avec les dents, j'enlève mon gant gauche. Je le tends à Bumper qui le prend dans sa main droite.

Papa et maman se trouvent quelque part dans la foule et ils nous observent.

Mon pouls s'accélère.

L'arbitre dit quelque chose.

Je soupire.

Rube et moi, on se regarde. Il marche vers moi. Je fais de même. La foule explose.

Un poing couvert, l'autre nu.

C'est tout.

Rube frappe le premier et me touche au menton.

C'est fini. Je suis blessé, je... je contre-attaque. Je rate ma cible mais je suis encore dans le match. Je ne peux pas m'écrouler. Pas ce soir. Pas maintenant, alors que tout exige que je reste debout.

Je reçois un autre coup, et cette fois, le monde s'arrête de tourner. Rube se tient face à moi avec son seul et unique gant. Ses poings pendent de chaque côté de son corps. Un long silence s'ensuit. Brisé par Perry dont les paroles me sont familières.

« Achève-le ! » hurle-t-il.

Rube le regarde, puis se tourne vers moi.

« Non », dit-il.

Je finis par les repérer dans la foule. Papa et maman.

Je m'effondre.

Mon frère me rattrape et me relève.

Sans m'en rendre bien compte, je pleure. Je verse des larmes sur l'épaule de mon frère tandis qu'il me relève.

Ruben Wolfe-le-Battant. Il me relève.

Ruben Wolfe-le-Battant. Ça fait mal.

Ruben Wolfe-le-Battant. Son combat intérieur.

Ruben Wolfe-le-Battant. Comme nous tous.

Ruben Wolfe-le-Battant. Qui ne se bat pas contre moi. Non, c'est autre chose...

« Ça va ? » me demande-t-il dans un souffle.

Je ne réponds rien. Je me contente de pleurer sur l'épaule de mon frère et de le laisser me soutenir. Je ne sens plus mes mains et mes veines me font mal. Mon cœur bat à tout rompre et j'imagine parfaitement la douleur que peut ressentir un chien battu.

La cloche sonne alors. C'est terminé. Mais on ne bouge pas.

« C'est fini, dis-je.

— Je sais », répond Rube et je sens son sourire.

Même durant les minutes suivantes, tandis que l'on marche au milieu des murmures de la foule, l'instant s'étire. Il s'étire et me porte jusque dans les vestiaires. Puis il m'aide à me changer et attend Rube avec moi.

Ce soir, on s'éclipse rapidement, surtout par égard pour maman. On se retrouve devant la camionnette.

Dehors, l'air frais me fouette le visage.

On rentre à la maison et personne ne dit mot durant le trajet.

Quand on arrive sur le perron de la maison, Mrs Wolfe s'arrête et nous prend dans ses bras à tour de rôle. Elle étreint également papa. Puis ils rentrent tous les deux.

On reste dehors et on entend Sarah qui se trouve dans la cuisine :

« Alors qui a gagné ? »

Et on entend aussi la réponse.

« Personne. »

C'est papa qui a parlé. Puis maman nous appelle.

« Vous voulez dîner, les garçons ? Je suis en train de faire à manger.

— Qu'est-ce que tu as préparé ? demande Rube avec espoir.

— Comme d'habitude ! »

Rube se tourne vers moi :

« Putain, encore de la soupe aux pois ! Quelle merde !

— Ouais, c'est vrai, dis-je, mais on en a vu d'autres.

— Je sais. »

J'ouvre la porte grillagée et j'entre dans la cuisine. J'observe ce qui se passe et l'odeur de la vie de tous les jours se fraye un chemin jusqu'à mon nez.

« Hé, Rube ? »

On est installés sur le perron, en train de manger notre soupe aux pois dans l'obscurité.

« Quoi ?

— Dans quelques semaines, tu vas sûrement gagner le championnat des poids légers, non ?

— C'est probable, mais je ne combattrai pas l'an prochain. Je l'annoncerai bientôt à Perry. » Il se met à rire. « On a pas mal morflé, pas vrai ? Avec Perry, les combats et tout le reste. »

Je ne sais pas trop pourquoi, mais je rigole moi aussi.

« Ouais. »

Rube regarde sa soupe avec dégoût.

« Elle est vraiment dégueulasse ce soir. »

Il lève sa cuillère et la laisse retomber dans son bol.

Une voiture passe dans la rue. Miffy se met à aboyer.

« On arrive ! hurle Rube avant de se lever. Donne-moi ton bol. »

Il ramène les bols à l'intérieur et quand il est de retour, on s'en va chercher ce putain de clebs.

Arrivé au portail, j'arrête mon frère.

« Qu'est-ce que tu vas faire quand le championnat sera terminé ? »

Il me répond immédiatement, sans réfléchir :

« Je vais me battre et prendre ma vie en main. »

Puis on met nos capuches et on sort.
Il y a la rue.
Le monde.
Et nous.

Composition JOUVE – 53100 Mayenne
N° 322114c
Imprimé en France par HÉRISSEY - 27000 Évreux
Dépôt imprimeur : 94477 - éditeur n° 32292
32.10.2122.3/01 - ISBN : 2.01.322122.3
Loi n° 49-956 du 16 juillet 1949 sur les publications destinées à la jeunesse
Dépôt légal : mai 2003